中公文庫

考えるマナー

中央公論新社 編

中央公論新社

目次

考える
マナー

座を温めるマナー

おいしい(あるいはその逆の)店に行ったときのマナー

井上荒野

おいしいものを食べたら、「おいしい」と声高に言う。食べることに異様なまでの情熱をかける家に育った私にとって、これは子供の頃からすり込まれたマナーである。マナーというよりは条件反射に近いかもしれない。自分でも料理をするようになってからはなおさらだ。「おいしい」と言ってもらえる嬉《うれ》しさを知っているから、「おいしい」とぜひ伝えたくなる。しかし世間には、このことをさほど重要に考えない人たちもいる。

久しぶりに会う女友だちと二人で、カウンターでお鮨《すし》。食事がはじまってすぐ、しまった、と思う。お任せでおつまみから作ってもらっているのに、何が出てきても彼女は無関心。おいしい、とも、これ何ですか、とも、わあ、とすら言わない。彼女は今難しい恋愛をしていて、その悩みを私に語ることに忙しすぎるのだ。

もちろん私だって彼女の恋が気になるが、板前さんのことも気になってしまう。だって出てくるものはどれもおいしいし、気が利いているのだ。わあ鰹《かつお》だあ、とか、わあこの煮蛸《にだこ》は今まで食べた中でいちばんおいしい、とか、伝えたいのだ。

しかし伝えるためには、彼女の話が途切れるのを待たなければならず、途切れるのは彼女が溜息《ためいき》とともに虚空を見つめるときだったりするので、そのタイミングで「わあこの煮蛸は」と言うのもどうかと思う。彼女の話にコメントもしなければならない。

というわけで私は気もそぞろになり、そのお鮨の本来のおいしさの、半分も味わえなかった気分になってしまう。込み入った話があるときはお鮨屋さんに行ってはいけません。

ところで不幸にして、おいしくなかったときはどういう態度を取るべきなのか。

もちろん私は海原雄山ではないから、「まずい!」と怒鳴《どな》って席を蹴ったりはしない。黙って、店に失礼にならない程度に料理を片付けるべくがんばる。しかしこれは自分で代金を払う場合であって、ご馳走《ちそう》になっている場合が難しい。「まずい」と言わないにしても「おいしい」と言わなくてもいいのか、という問題が浮上する。

社交辞令の「おいしい」で相手(この場合は店ではなくて、その店を選んだ人)を喜ばせるのはやぶさかではないけれど、その後の波紋が不安だ。このおいしくない店にあらたに連れてこられる気の毒な人が増えるだろうし、その際「荒野さんもおいしいと喜んでいました」とか言われたら、私の味覚の信用が落ちるではないか。

この件に関して、私は最近ある解決策を編みだした。でもいろいろと差し障りがあるのでここでは公開いたしません。

下戸のマナー

穂村弘

「ほむらさんはお酒が飲めないからなあ」と残念そうに云《い》われることがある。「すみません」と呟きつつ、なんとなく釈然としない。僕がお酒を飲めないことを、どうしてこの人が残念がるんだろう。

こんなに美味《おい》しくて楽しいものが飲めないなんて、ということなのか。でも、例えばお酒と並び称される煙草《たばこ》にしても、「ほむらさんは煙草が吸えないからなあ」とは、決して云われないのだ。お酒だけが特別なのは、どうしてなんだろう。やはり「酔う」ところがポイントなのか。

お酒を飲むと一人称が「私」から「俺」に変わる人を知っている。口調や話の内容には殆《ほとん》ど変化はないのだが、彼の口から初めて「俺」が飛び出してきたとき、びくっとした。たぶん、心の底ではいつも「俺」なんだなあ、と思ったのだ。お酒を飲むとH《エッチ》になる人もいる。その姿をみると、心の底ではHなんだなあ、と思う。勿論《もちろん》、心の底なんていったら、人間はみんなHだろうし、一人称は「俺」どころか「俺様」かもしれない。

でも、お酒は変身薬のように、その姿を表面化させる。だから特別なのだ。と考えると、「ほむらさんはお酒が飲めないからなあ」の後に省略されていたのは「気の毒」「惜しい」「つまらない」だけではない気がしてくる。そこには「ずるい」も含まれていたんじゃないか。

だが、私も飲み会で周囲に溶け込む努力はしているつもりだ。ウーロン茶とジンジャエールを交互にお代わりもする。「お茶でもお代わりしてくれると嬉しい。一緒に飲んでる気持ちになれるから。相手がずっと同じグラスだと自分ばっかり飲んでる気がするんだ」とお酒好きの友人に教えられたからだ。

ただ「素面《しらふ》でも雰囲気に酔えるんです」という言葉にはどうしても無理を感じる。そもそも素面の感覚からすると、Hな「俺様」同士のコミュニケーションがうまくいくわけがないと思う。なのに酔っ払い達は不思議にも絶妙なハーモニーを奏でるのだ。話は全く嚙《か》み合ってないのに、親友のように仲がいい。「ややややや」「ままままま」「そそそそそ」などという宇宙人の会話にどうやって入ればいいのか。真面目にタイミングを計れば計るほど入れない。

恋愛に関しても、お酒好きの男女と下戸の男女とでは、展開の速度に十倍くらい差があるのではないか。下戸同士の恋はなかなか進まない。

学生の頃、一滴も飲めない女の子を好きになったことがあった。なのに彼女はお酒が大好きな男に惚れてしまった。そいつは毎晩暴れまくるからしょっちゅう眼鏡や時計を壊す。そのためにワイルドな風貌《ふうぼう》に似合わぬディズニー時計ばかり腕に嵌《は》めていた。「そこが可愛《かわい》いの」と彼女は云った。ず、ずるい、と私は天を仰いだ。

酔っ払いのマナー

赤瀬川原平

　酔っ払いのマナーといい出すと、きりがなさそうだ。酒に酔うということは、そもそもマナーの外に出るという意味合いがある。マナーの治外法権に達することで、あれはもうしょうがない、と思われる。とくに日本では。

　でも外国ではそうはいかない。とくにヨーロッパでは。イギリスで聞いた話だが、イギリスのジェントルマンたるもの、酔っ払うのはそもそも恥だという。アルコールだから、当然ほろほろといい気分にほぐれるわけだが、それは内にとどめて、外は崩れずしゃんとして飲んでいてこそ紳士、というかそれが酒飲みのマナーらしい。

　じっさいにイギリスのパブで、一人の酔っ払い男が店主につまみ出される現場を見た。それほど屈強な店主というわけではないのだけれど、その場の客はみんなその光景を平然と見つめていた。酔っ払った男への同情の空気はどこにもなかった。

　日本ではそうはならない。酔っ払って崩れたにしても、よほどの乱暴狼藉がない限り、おかみさんが出てきて「しょうがないわねえ、ほら、しゃんとして」と立ち直らせて帰りを促される、というようなことになる。

　日本は酔っ払いに優しい。というか、甘い。

　それには理由があって、多くの日本人の体はアルコールを分解する酵素が一つ足りないらしい。詳しいことはわからないが、イギリス人などの体にはそれが二つある。だからそもそも日本人の体は欧米人に比べて酒に弱い、とはよくいわれることだ。

だから日本人は宿命的に、酔っ払いに優しくできている。祭りで飲んだんだからしょうがない、といって容認する風土があるらしい。でもそれはなかなか自覚できない。

あるアットホームな学術グループがあって、そこにはよく外国からのゲストがくる。ある日懇親会となり、ビールやワインが並んで、みんなほろほろとした気分になり、さらに打ちとけようと、一人が外国人ゲストの女性と肩を組んだ。そのとたんにその女性の表情が変わり、その手をぴたりとはたいた。それまで打ちとけていた空気が、とたんに切り立ってしまった。

やっぱり風土の違い、分解酵素の違いは大きい。そんなつもりじゃなかったといっても、それはそれぞれの歴史の奥にまで細く伸びて繋がっている。

しかし日本でも、最近はあまり肩を組んだりしない。できない、ということもある。セクハラとかパワハラという言葉が広がってきて、アルコール分解酵素が増えたわけではないのに、酔っ払いには厳しい空気が広がっている。そのせいか、大人たちもあまり酔っ払わなくなってきている。時代の変化ではあるけど、何だかちょっと寂しい。

消えるマナー

平松洋子

たいして気が進まなくとも、そこは浮き世のおつきあい、集まりの誘いを無下《むげ》には断れないことがある。ちょうど忙しいさなかだったり、メンバーに知り合いがいなかったり、それなりの理由がくっつくわけだが、しかし、おとなには義理を果たさなけりゃならないときもあるのです。

でも、行けば行ったで途中からつらくなることがある。けっきょく場になじめず、あーやっぱり来なけりゃよかった、こんどは自分に腹が立ってきたりして。

消えましょう、そんなときは。

「帰る」でもなく、「逃げる」でもなく、「消える」。願わくば誰の気分も害さず、場の空気を乱さず、自分ひとりしずかにその場を立ち去りたいという精一杯の配慮が潜んでいる。迷惑をかけるのは本意ではないから。

ただし、ニンジャみたいにきれいに消えるのは結構むずかしい。使い古された常套手段は「トイレに行くふりをして消える」。これは、おおきなパーティのとき手っ取り早い。ちょっとやっかいなのは、誰がいるかいないか、来たか帰ったか、すぐ知れてしまう十人単位の集まりだ。でも、やっぱり消えたいときはあるもので。

そこで、つとに「消える名人」と異名をとる会社役員氏に質問してみた。あのう、じょうずな消えかたを伝授していただけますか。

「消えにくそうだと思うときは、かならず幹事役に『何時ごろ帰る』と事前に知らせておきますな」

ほう。先に「消えるぞ」と明かしておくとは、さすが人生の大先輩である。

「おたがいに暗黙の了解ができるし、礼儀も失しないから自分も後ろめたくない。かなりおすすめの手です」

頃合いになったら幹事役に目くばせして、すーっと立ち去るのだという。むしろ公然と去るのも消えかたのうちとは、目からウロコである。では、あとで店に勘定を支払うような場合は?

「気心が知れているひとに見当額をあずけます。多ければ後日よぶんな額が戻ってくることもあるけれど、あらかじめお布施と思っておく」

最大の極意を教えて差し上げよう。役員氏は言った。

「あれは途中で消える人物だと周囲に思わせられれば、深追いされない」

さっそくこころのメモに書き留めました。しかしながら、その境地に達するには相応の人生修業が必要だ。きれいに消えるためには遠慮や躊躇があると失敗する。わたしの友人に、こういうひとがいる。

「自分が帰ったあとにおもしろいことが起きるんじゃないかと想像すると、ものすごくくやしい。だからぜったい最後まで帰らない」

スピーチのマナー

穂村弘

　スピーチというと、一人が大勢に向かって話すイメージがある。が、本当のところはどうなんだろう。

　例えば、学校の朝礼などで長年校長先生の話を聴き続けてきたけど、不思議なほど記憶に残っていない。

　その理由は多分、「彼」が「私」に向かって話している、という感覚がなかったからだ。「校長先生」が「生徒たち」に向かって何を言っても、「私」の心には届かない。

　唯一、中学の卒業式で、ある先生が言った言葉だけは憶えている。「皆さんの門出を祝して、私から餞《はなむけ》の言葉を贈りたいと思います。『人生は妥協の産物だ』」

　今思い出しても、余りの夢の無さに笑ってしまう。だが、内容の妥当性はともかく、これは確かに「彼」が「私」たちにくれた言葉だったと思えてならない。

　結婚式のスピーチが難しいのは、「私」が「誰」に向かって話せばいいのか、微妙にはっきりしないからだ。友人である新郎、一回しか会ったことのない新婦、両親、親族、友人たち、会社の人々、それぞれにとって必要な言葉が少しずつズレている。

　そのために複雑なバランス感覚が要求されて緊張する。つい全員に喜ばれそうな言葉を探したくなる。でも、校長先生が口にするような万能の言葉は「誰」にも届かないのだ。

そんなとき、「私」は「二回しか会ったことのない新婦」だけに向かって話すことにしている。その内容は例えば「電車で気分が悪くなってしまった友達のげろを手で受けた新郎の捨て身の優しさ」について。

一人の相手に向かって話すことの難しさを最も意識させられるスピーチは弔辞だろう。「私」が「君」に語りかける形式をとりつつ、実際に聴いているのは「君」以外。だが、「私」はそれでも本当に、目の前にいない「君」だけに向かって語りかけたい、という気持ちを捨て切れない。

そんな風に万能の言葉を疑う私に、ある日、友人が「万能のスピーチ」を教えてくれた。それは「○○や君たちがいて僕がいる」というものだ。

「○○」を自由に入れ替えれば、どんな場面にも応用可能らしい。例えば、新年会の挨拶なら「初春や君たちがいて僕がいる」となる。

実際に彼がこれをやるところを何度もみた。なるほど聴いている人たちもみんな嬉しそうだ。「君たちがいて僕がいる」と高らかに言われた瞬間、その場が不思議な盛り上がりをみせるのだ。

ポイントは内容が「無い」ことだろう。「僕」が「君」たちに向かって何かを言うのではなく、ただ互いの存在と「○○」における出会いを言祝《ことほ》ぐ。

これを裏返せば「○○や僕たちがいて君がいない」の万能弔辞となる。

占いのマナー

井上荒野

それを好む者は女性に多い。それはたいていは、外での集まりの、二次会ではじまる。女性同士の集まり（いわゆる女子会）では一次会で早々にはじまる場合もある。誰かが自分の失敗談を話すと、「あーあー、それはあなたのナントカ星がナントカ期に入ったせいよ」とか言い出す女が必ずいる。あるいは誰かが新しい出会いについて打ち明けると、何よりも先に当人と相手の血液型を聞き出し、それは抜群の相性だとか今ひとつの組み合わせだとか判定する女がいる。

私はこの種の素人占い（血液型とか星座の話題を、暫定的にそう呼ぶ）を「つまらん」と思う者である。何がつまらんって、無責任さがつまらん。運命とか人格とかについて、いとも気軽に言及し、でもその責任は自分ではなく星やら血液やらにあるんですよ、という態度がつまらん。幸運は自分の力でつかみ取ったようにふるまうのに、不幸は星と血液のせいにするのがつまらん。

誰とどこでその話になっても、結局似たような内容が繰り返されるだけなのがつまらん。にもかかわらず、そのたびに「あたってるー」とか「やっぱりー？」とか「典型的なB型だよねー」とか「Bっぽくないよねー」とか「A寄りのBだからー」とか、これも毎回毎回同じコメントが発されるのがつまらん。

素人占いはバーで自動的に出てくるポテトチップスとかナッツに似ていると思う。とりあえずの場つなぎ。食欲からではなく口寂しいのでだらだらとつまむ。

話題が途切れて、何となく沈黙が続いたときに、学級委員長のような態度で誰かが「あなた、B型でしょ」と言い出すのがつまらん。そのあと一同が、すがりつくように盛り上ろうとするのがつまらん。酒に痺れた頭なら沈黙もまた愉《たの》し、と私などは思うわけだが。退屈ならしりとりでもやればいい。しりとりを真剣に行うと個人のセンスや知性が問われるが、素人占いにはそれもないのがつまらん。

多くの場合、私だってやればできる程度の生半可なレベルであるのがつまらん。私の父はトランプ占いをしたが、彼のそれにはすぐれたカードの技術とともにすぐれた話術があり、一編の小説にもなっていた。

もちろん私は大人なので、自分がいる場でそれがはじまったとき「つまらん」と口に出しもしないし、ましてや「ちっ」と舌打ちもしない。それはこの件で自分に課しているマナーである。しかし表情と態度にはそれらの感情が否応なく滲《にじ》み出ているらしく、最近ではそれをはじめようとする女が、「こういう話をすると荒野さんが不機嫌になるんだけど」という枕詞（？）をつけるようになってしまった。ごめんなさい。

美を匂わすマナー

美人のマナー

髙橋秀実

女性が来たら、さっとドアを開ける。女性が座るのを確認してから、自分は座る。というのがエスコートのマナーである。そもそも「エスコート」とは「護衛」の意。少子化が進む昨今にあっては、男たるものなおさら心がけるべきマナーで、私なども常日頃から実践しているのであるが、時折、首を傾《かし》げてしまうことがある。おこがましいかもしれないが、エスコートされるほうにもマナーというものが必要なのではないかと思うのである。

例えばスーパーなどで、向こうから来た女性のためにドアを開けて待つ。大抵の方は、

「ありがとう」

「すみません」

などと言ってくれて店内に入る。そこで私は「いいことをした」という悦びに包まれるわけなのだが、中には無視する人がいる。私が開けているのに、わざわざ反対側のドアを自力で開けて入ってきたりするのである。

見えていないのだろうか。いや、見えている。見えているのに気がつかない。あるいは気がついているのにあえて自分で開ける。自分の道は自分で切り開くと言わんばかりなのである。

他に適当な言葉が見つからないので、やむなく言わせていただくが、こういう女性はブス

に見える。造形というより容姿がブス。歩き方もズカズカと歩くようでちっとも美しくないのだ。

その点、「ありがとう」と受け入れてくれる人たちは美人である。エスコートされることに慣れているのかもしれないが、そうでなくてもエスコートは想定内。エスコートされることをどこか当たり前だと思っているのだろう。傲慢《ごうまん》な感じもするのだが、実際、こうしてエスコートできれば私も満足なのだから、お互いに仕合わせである。好意を甘んじて受けることで、相手を満足させ、自分も楽をする。この、相手にさせてあげるというスタンスに「美」は宿るのではないだろうか。謙譲の「美」というべきか。自らできることもいったん抑え、相手の「できる」を讃えてみせる。そのマナーがきっと美しいのである。考えてみれば「自力でできる」というのはひとりよがりで閉じているが、こちらは開いている。ちょうど花弁が開くようで、だから美しいと感じるのだろう。

人に限らず、モノにしても最近は「できる」ことばかり主張しがちである。特にパソコンなどの電気製品は、あれもできるこれもできるとまるで自力で何でもできるかのような勢いで、これらもブスに見える。機能美というのも、使う人が「できる」と感じられるから美しいのであって、器自体が「できる」わけではないだろう。

美人というより美のマナー。花は持たせてこそ花ではないだろうか。

体毛のマナー

三浦しをん

T字カミソリで腕毛を剃《そ》っていたら、刃先がすべって爪を直撃。マニキュアを塗っていたおかげで刃が止まったが、そうじゃなかったら指先が削れていたところだ（爪の先っぽはスパッと欠けてしまった）。

おそろしい。T字カミソリがではなく、体毛が。そもそも腕毛などというものが生えていなければ、こんな危険に身をさらさなくて済んだのである。

まつげや眉毛や鼻毛や陰毛は、「汗や埃《ほこり》などから大事な部分を保護するためにあるのかな」とまだ納得がいくのだが、それでいくと腕毛や脛《すね》毛《げ》は存在意義がやや希薄だ。胸毛に至っては、「心臓を守るためにあるのか？　だとしたらなぜ、一部の男性にしか生えないんだ。いっそのこと、我にも胸毛を……！」と、困惑と混迷が深まる。

体毛について悶々と考えていたある日、仕事相手とご飯を食べた。テーブルの向かいに座った彼ら（男性二人）を見ていて、ヒゲという体毛もあったことに気づく。

「ヒゲってのは、なんのためにあるんでしょうか」

と突然疑問を投げかけた私に対し、A氏（顎《あご》ヒゲあり）はこう答えた。

「俺の場合、『顎はここまで』と示すためです。ヒゲがないと、顎が首と同化してしまって、顔がとてつもなくでかく見えるんですよ」

そうか、顎ヒゲは境界線のようなものだったのか！

「僕の場合も」とB氏（頰から顎にかけてヒゲあり）は言った。「小顔に見せるためですね。しかし頰《ほお》ヒゲを剃りすぎてしまうことがあり、そういう日は面積の拡大した顔をさらしている自分がいたたまれません」

ヒゲは国境線、顔は領土のようなものなのだな！

男性がヒゲを駆使して、かくも熱心に小顔を演出していたとは……。私もT字カミソリで眉毛の形を整えようとして、眉尻を剃り落としてしまい、柴犬みたいなまぬけ顔になってることがしばしばある。柴犬だけにしばしば。そんなオヤジギャグはどうでもいい。そして、あらゆる体毛をT字カミソリでなんとかしようとするのもやめたほうがいい。

思いどおりにならぬ体毛処理について、私たちは嘆きあい、語りあったのだった。

いっそのこと、全身が剛毛で覆われていたらどうだろう。剃りようによって、顔の大きさも腰のくびれも、自由自在に調整できる。理想のプロポーションを体毛（の処理）で獲得！おっぱいの大きさは、胸の谷間部分と乳の下にうまく毛を残し、影に見せかけることで演出するとしよう。複雑かつ芸術的な体毛処理能力が要求される。絵画的センスとT字カミソリさばきを磨かねばならぬ。

お洒落のマナー

井上荒野

美容院へ行くと店の人がファッション雑誌を持ってきてくれる。普段あまりその種のものを読まないので熟読する。写真がたくさん載っていて有用である。なるほど、こういう服はあの店へ行けば買えるのだな、このパンツはこのように穿《は》くと格好いいのだな。しかし次第に、不機嫌になってくる。あまりにもおせっかいなせいだ。

黒を着て地味に見えないためのコーディネイト。まあ、その程度のアドバイスはされてもいい。気温の変化が激しい春先に何を着るべきか。教えてもらわなくてもわかる、と思うが、知りたい人もいるんだろうさ。しかし……。

新年に夫の実家を訪問するときの装い。お義母さんからもお義姉さんからも「可愛い嫁」と言われる服、だと？　同窓会のルール。異性の目をぱっと惹きつけ、同性からも好感を持たれる服、だと？　どうして、そのときその場の心理まですでに決まっているのだ。どうしてどこへ行くにも他人の評判を最優先にしなければならないのだ。

お洒落ってどういうことだろうとこの頃思う。雑誌の通りにすればお洒落だというのなら、服や靴を揃えるお金さえあればいいことになる。TPOはお洒落ではなく常識の問題だろう。これこれの場所にふさわしいのはこういう服でこういう服はNGとか、三十代ならOKだけど五十代がこれを着たらイタイとか、雑誌が言うことを無批判に守って着るのなら、それは制服に近いものだろう。

問題は、意外と多くの女たちが、雑誌の言いなりになっていて、自分だけならいいけれど、他人にまでその「制服」を求めがちであることだ。彼女、ちょっと変わっているよね。自分がしない格好をしている人を、婉曲な言いまわしではあるがおとしめる。私はそういう場にいたら声を強くして「彼女はお洒落だよ（あなたよりも、ずっと）」と言うことにしている。

小説も映画もそうだが、私が面白いと思うのは、どこかに不安定さがあるもの。雑誌が教える「ハズし」のテクニックなどどこ吹く風で、好きなものを好きなように着ていたら少々バランスを欠いた、その、欠いた感じが魅力になるのではないか。その日の気分に合わせて選んだ服を、見るからに気分良さそうに着ている感じ、というのもいい。

まあ、自戒を込めて言っているわけですが。時間と気力が枯渇してくると、どうしても無難なほうへ流れがちである。歴史の中で、ファッションは自由を表現する手段でもあった。自由になるためには意志と責任が伴い、このふたつを持つには結構がんばらなければならない。このがんばりどころが、とくに中高年以降は、お洒落をする上でのマナーと言えるのかもしれない。

五本指ソックスのマナー

平松洋子

五本指ソックスは底辺からじわじわ這い上がってきた苦労人である。当初〝おじさんの水虫対策グッズ〟としてデビューしたから、かっこわるい、はきづらい、値段が高い……ブーイングの嵐を浴びて、悲惨な出足に泣いた経験の持ち主だ。

もとはといえば1970年、スペインで健康によい衣料品として誕生したわけだが、当時は指の長さ太さが均一、つまりはき心地がわるかった。そこに着目して研究を重ね、独自の編み方を改良開発したのがニッポンの企業である。五本指ソックスもまた昭和の奮闘物語の産物なのだった。

それでも地道にこつこつ、到来した健康ブームの波をつかまえて着実に裾野を広げ、いまや靴下売り場に専用コーナーを持つ大出世ぶり。「耐えてきてよかった」。苦労人の胸中がしのばれる。

とはいえ、手放しでよろこんでばかりもいられない。たとえばここに愛用歴2年の新参者(わたしのことです)がいる。まだ日が浅いせいか、料理屋やひとさまのお宅で靴を脱ぐとき、つまり五本指ソックスを衆目にさらすとき、10本の指は勝手にもじもじ君になってしまう。五本指ソックスが色めがねで見られた時代はとっくに終わっているというのに。

しかし、最近まで縁がなかったからよくわかる。「はく者」と「見せられる者」とのあいだには微妙な温度差がある。五本指ソックスという存在は、依然ひとをどきっとさせたりイラッとさせる宿命を引きずっているらしい。

断っておくが、五本指ソックスが恥ずかしいのではない。隠しておきたいのでもない。もじもじ君の正体、それは「個人的な快適」を開陳することにたいする微妙な抵抗感なのだ。しかもふだんはひっそり靴のなかにいるから、ひとの視線に馴れづらい。それに、どうみても色っぽくないところにもびくつく。（ただし男性の場合は、なぜか「カワイイ」方向に転ぶ）

だからといって、あと戻りする気はない。蒸れない、血行がよくなる、指に均等にちからが入って歩きやすい、いいことだらけ。たった2年で五本指ソックスなしでは困るカラダになってしまった。

なのに、もじもじ君はまたぞろ顔をだす。そこで自分で自分にマナーを課すことにした。座敷に上がる日は先端の五本指部分だけのソックスを装着（ちゃんと売り場にある）、さらにふつうのソックスを重ねばき。なにもそこまで、と苦笑するが、もじもじ君と会わずにすむだけでほっとする。これは、自分に折り合いをつけるためのひそかなマナーなのです。個人的な快適を死守したいばかりに、いやもうご苦労なことである。

老化のマナー

井上荒野

老化。それは、初対面の人と年齢の話になったとき「私、いくつに見える?」という科白《せりふ》を吐いた瞬間にはじまると言われている。

海外では年齢より若く見られるということは、幼稚であると思われているのに等しく、嬉しがるのは日本人だけである、という話を聞いたことがある。私はこの日本文化にどっぷり浸かっているらしく、若く見られれば如何ともしがたく嬉しい。あれは今から十年以上前、コンビニエンスストアのレジに忘れものをしたのを気づいて取りに行ったとき、店員さんの申し送りのメモに、私のことが「三十代女性」と書いてあったのを目撃して、夫に自慢してしまったことを、ここに告白いたします。

老化。誰もが通るこの道の歩き方として、世間では、二通りのマナーが提唱されている。

その一。抗《あらが》わない。体形がくずれるに任せる。肌が劣化するに任せる。お洒落を放棄する。以前できたことができなくなるのを仕方なしとする。女性ならば「女を捨てた」状態になる。あるいは同様の状態を、もう少し前向きにとらえて「自然体で生きる」ことにする。

その二。抗う。シェイプアップに励む。美容に邁進する。お洒落をこころがける(若作りに走る、もしくは「その年齢にふさわしい、上質なお洒落」を目指す)。年齢を言い訳にしない。新しいことにチャレンジする。

あなたはどちらの歩き方を採用していますか。あるいは、どちらの歩き方が正しいと思いますか。

私にはどちらとも言えません。どちらからも少しずつ、臨機応変、というか日和見で採用しているというのが正直なところ。というのは、忙しくて時間的にも精神的にも余裕がないときには、美容やお洒落にかまけている者たちに向かって「人生にはもっと大事なことがあるだろうよ……」と呟いているわけだし、たまたま友人から教えてもらった、一日五分でOKの筋トレが一週間続けられたときには、中年太りをしている者たちに向かって「肉体の緩みはすなわち精神の怠慢だわよ」とうそぶいているからだ（もちろん、心の中で）。

あるいはまた、どちらの歩き方も、少しずつ正しくて、少しずつ痛ましい、と言えるのかもしれない。どちらも過剰になるとよろしくないのかも。自然体もあまりに強調しすぎると不自然だし、「五十五歳、好奇心がいっぱい！」と他人から言われるのはともかく、自分で宣言するのもなんだかなあ、という気がする。

老化。その道を歩むときには、どのような心もちであれ、ひっそり歩め。そういうことなのかもしれない。水面下の脚の動きなどつゆほども感じさせずに湖面を滑っていく白鳥のように、私はしずかに老化していきたい。

お口を
滑らせない
マナー

インタビューのマナー

劇団ひとり

我々タレントは、雑誌や新聞などのインタビュー取材を受ける機会が多々ある。そして、そんなインタビューにもマナーは存在する。

インタビューで気を付けなければならないのは、あまり「ふざけない」こと。この世界に入った頃は「俺は芸人だ」と肩肘張って、それこそ全ての質問に対してボケで受け答えしていたが、いくら滑稽に「ぼよよ〜ん」とおちゃらけたところで文字にしてみると当然ニュアンスは伝わらず、笑えないわ内容はないわ、実に痛々しい記事になっていることが多々あった。なので、今はなるべく真摯に読者の方が興味を持てるような話をするように心掛けているが、これも一歩間違えると「格好つけ過ぎ」な内容になってしまうことがあり、「自分を信じてあげたい」だとか「がむしゃらに突っ走ってきた」などと語り、あとで読み返して恥ずかしさのあまり雑誌を床に叩きつけたくなることも少なくない。しかも、バラエティー番組の収録の合間に受けている取材だと自分がチョビ髭に禿ヅラ姿だということをスッカリ忘れて「諦めない気持ちが……」などと二枚目気取りで語っていたりするから要注意である。

そして、意外に大事なのは「飽きない」ということだろうか。時には連続して十数本も受けることがあり、必ず「出演のきっかけは？」やら「苦労された点は？」など共通してされる質問というのがあり、何度も受け答えしているうちに飽きだして「ちょっと変えよう」なんで色気付いてしまうと、それの積み重ねでいつの間にか最初と最後で「出演のきっかけ」自体が変わってしまっていることがあり、並べて読んでみるとただの虚言者でしかなかったりするのだ。

さらに当たり前のことだが誠意を持って受け答えをすること。媚びを売れとまでは言わないが、記者の方も人である以上、こちらの対応によって記事の内容も変わろう。数年前、僕もまだ独身だった頃、ちょうど今の奥さんとの交際が世に出たばかりで、その関連の質問ばかりに辟易《へきえき》していたのだが、ある日、とある企業の新車の発表会へ招かれた際、「車関連以外の質問はご遠慮ください」という係りの人からのお断りがあるも、記者の方から「噂の彼女と車の中で何をしたいですか?」と無理矢理に車に関連付けて、そのことを質問された。僕はうんざりしながら「さぁ、何でしょうね。何でも出来ますから」と受け流したのだが、その態度がまずかった。最後の「何でも出来ますから」という言葉尻を取って、記者の方が拡大解釈したのだろう、次の日の芸能ニュースには「劇団ひとり、車内で子作り宣言⁉」という見出しがあった。読んでみると「劇団ひとりは『何でも出来ますから』とニヤけ顔で答え、暗に子作り宣言とも取れる発言をした」といった旨が書かれていた。

芸能人の皆様、誠意ある対応を。

悪口のマナー

井上荒野

悪口とは、その場にいない誰かについて悪《あ》し様に言うこと。まったく感じが悪いので、そんなものとはいっさいかかわらないのが、人としてのマナーである。でも、かかわってしまう。「人の悪口を言うのは大嫌いです」と胸を張れないだめな私。正直言えば悪口はときどき楽しい。精神衛生のために言わずにはいられないときもある。

悪口の場は酒席、あるいは打合せの喫茶店。まあ、二人以上の人間がいればどこででも発生する。仕事の愚痴は悪口に移行しやすい。他愛のない噂話が、いつの間にかソレになっていることもある。

実際、噂話と悪口の境界線は曖昧だ。そこに問題があるような気がする。これはたんなる噂話なんだよ、悪口を言っているつもりはないんだよと、その場の相手と暗黙の言い訳を共有しながら、実質的には悪口を言っている。これはいけない。悪口は、れっきとした悪口であるという覚悟のもとに発すべし。

私が見るところ、女性が多用するテクニックとして、さんざん悪口を言ったあと「でも……」と、当人を肯定するコメントを付け加える、というのがある。ある女性のファッションセンスについて、ありえない信じられないと評したあとで「でも、あの子には似合ってるからいいよね」と言うとか、ある男性の仕事のできなさについて罵《ののし》ったあとで「でも、憎めない人だよね」と言うとか。

実際、その通り（似合っているし憎めない）なのかもしれない。でも、これはずるい。肯定コメントによって救おうとしているのは、被悪口者ではなくて悪口者（自分）だからだ。悪口というのは諸刃の剣である。人を貶《おとし》めることで自分の評価もまた下がるというリスクは、悪口を言うならば引き受けるべきだろう。

ところで、なぜ悪口を言いたくなるかというと、その相手から、何かしら腹立たしい思いをさせられたことがある、という場合がやはり多いと思う。そうして、私に腹立たしい思いをさせる人間の筆頭といえば、夫である。

だから私は、夫の悪口を言う。しかし困るのは、悪口の定義上、それは夫には伝わらないということになり、伝わらないと、夫は再び、同じことをやらかして私を腹立たせるわけなのだ。

そこで最近は、ツイッターで夫の悪口を呟くことにしている。夫のいないところで呟いても、夫がツイッターをチェックすれば彼の目に入るからだ。しかしそれを読んだ夫から「悪いね悪いねワリーネディートリッヒ（笑）」などというレスポンスが来て、よけいむかっ腹を立てる結果にもなるのだが。

日記のマナー

津村記久子

ソーシャル・ネットワーキング・サービス（SNS）を介して、日々の思うことをインターネットで際限なく発信できるようになった昨今、個人的な日記の立場はどうなっているのだろうかとたまに気になる。わたしは、毎日の習慣としての日記は書いていないけれども、何か思いついたら何でも、どんな長さでも短さでもメモを書いていいノートを一冊持っていて、それは人に見せないことにしている。楽しみのため、毎回違う色のインクを詰めた万年筆で書く。もはや、内容よりも万年筆を使うことが目的になっている。

小学生の頃、もっとも苦痛な宿題は日記だった。たとえば、どれだけ算数が大嫌いでも、算数の授業がない日や、宿題が出ない日というのはあるので、毎日のことではない。しかし日記は休みなく出される宿題だった。こちらは小学生で、そんなに言いたいこともやってることもないというのにだ。でも、日記帳が返却される時に付いてくる、先生の一言コメントはとても楽しみだった。思えば先生からしたら、クラスの数十人の日記を毎日読んで、毎日放課後までにコメントを書くなんて、大変な苦労だっただろう。

悲しいことに、小学校を卒業すると、日記を読んでコメントを付けてくれるような先生はいなくなってしまうのだが、今はSNSがその代わりを果たしているとも言える。お互いがお互いの先生で生徒なのである。ちなみに、わたし自身の誰にも見せないノートに関しては、未来の自分が過去の自分の先生である。そして、こんなどうしようもないこと書いてばかだな、とか、そうか、あのおやつはそんなにうまいのか、とか、ごはん一合にたまねぎ半個では多いのか（チキンライスの具について）、などと、平たい感慨に耽《ふけ》る。

世の中の趨勢《すうせい》とは逆に、他人に伝えないことを増やすようにしてから、わたしはかなり気が楽になった。「誰にも言ってないので共感されようがない」という状況に自分を持っていくと、「共感されたいけどしてもらえない」苦しみから距離を置けるのである。本当に辛い気持ちなら、誰かを見つけて伝えた方が良いのかもしれないけれども、ちょっとしたいやなことや軽い憂鬱なら、特に口にはせずに書き留めてみると、あとからその小ささを笑えるようになったりする。

人前で物事を発言する際のマナーというものがある。しかし、個人的な日記など、自分が自分に対してだけ発言することにまつわるマナーは特にない。マナーを守って共感を得るか、好き放題にたった一人で考えるか、どちらがいいとは言えないけれども、「誰にも言わない」ことの内実は、大半がくだらないが、たまに豊かで、常に自由である。必ずコメントを付けてくれる先生は、もういないのだし。

ピンマイクのマナー

劇団ひとり

ピンマイクとは我々テレビタレントが番組に出る際、胸元に着けているあのピン型のマイクの事である。そして、あの小さなピンマイクにもマナーは存在する。

小さなクセに値段は一丁前で10万円はくだらない代物であり、取り扱いには細心の注意が必要である。通常の収録では何ら問題はないが、水に関しては弱いので特に芸人はその点で気を使わなければならず、突然、プールに突き落とされて「コラ！　何してるんだ！」と怒っているが、よくよく見るとピンマイクのことを考慮して本人が直前に外しているなんて事はよくある話。プールの近くで芸人がピンマイクを外したら、それは「いつでも突き落としてくれ」の合図なのである。

そしてまた高性能過ぎるが故、ほんの少しでも何かに触れたりするとガサッと大きなノイズが入ってしまう為、慣れないタレントは手を当ててノイズが入ってしまい、その部分がカットされるなんてポカをしてしまう。

その点、僕も芸歴20年になるので色々と覚え、今では「この野郎！」と相手の襟首を掴む場面でもマイクを外してやや後ろ側を掴むようにするし、食い物が喉に詰まっても慌てて気管を叩かず冷静にミゾオチの辺りを叩くようにしている。

そして小さいが故、時に着けていることを忘れてしまうことがあり、休憩の合間に油断して「○○さん、女癖悪いらしいね」なんて噂話をしていると、それが全てスタッフに筒抜けだったなんてことも多々あるので気を付けなければならないが、逆にこれを利用して性格の悪い女優の悪評を流したり、スタッフに気に入られる為に「楽しい現場だなぁ」と敢《あ》えて呟いたりするという高等テクニックもある。

ワイヤレスなので音声は無線で飛ばすのだが、その送信距離も侮ってはいけない。遮蔽物《しゃへい》が無ければ100メートルは優に届くという話であり、ロケの際は要注意だ。

僕も数年前、深夜番組で「牛肉大好き！」と叫びながら牛を舐《な》めるというロケを牧場でやったのだが、用意されたのはすこぶる血の気の多い暴れ牛。舐めるどころか近寄ることさえままならず、ひたすら逃げまどうという結果になってしまい、芸人としての不甲斐なさに酷く落ち込んだことがあった。

スタッフの元から離れ、牧場の片隅に座り込んだ僕は、「何をしてんだ俺は。もっと出来たはずだ。情けない……」と、後悔の念を独り言で呟いた。

すると遠く離れた先にいるディレクターが大声で僕に向かって言った。

「そんなことないよー！　それなりに面白かったよー！」

あれ以来、独り言をいっていない。

端正のマナー

鷲田清一

「要するに、省略のなかにはプライドが含まれていますから」
ファッション・デザイナーの山本耀司《ようじ》さんが、みずからのデザインについてひとしきり語ったあと、ふと漏らした言葉である。「省略」について言葉を削《そ》ぎつつ語っている。一つの確信の吐露であるが、通じなければそれでもいいという含みがそこにはある。

通じることを願うと、つい饒舌《じょうぜつ》になる。饒舌のなかには他者への甘えやおもねりが忍び込んでくる。くり返しや念押しといった言葉の過剰には、どこか、相手への凭《もた》れも潜んでいる。そんな「しな」をつくることは品位に反する。そのことを、山本さんの寡黙なまでの口調が、山本さんのつくる無駄のない服が、ともに静かに語りだしている。

言葉を口にしかけて呑み込む人、語りきることをしないまま静かに去ってゆく人。その呑み込んだ分、語りきらなかった分を、こんどはこちらが内で黙って埋めてゆくというのが、対話のマナーというものだろう。

「たしなみ」という言葉がある。「たしなみ」はまずは人の好みや趣味を意味するが、それとともに、何かに懸命に打ち込むことや、見苦しくないこと、取り乱さないこと、控えること、つまりは慎みをも意味する。究められたものには無駄な揺れがない。端正とはそういうことだ。端正な身だしなみもまた、余分な装飾を削ぎ落としている。

「たしなみ」は、余裕のある人というよりも、みずからの弱さ、あるいは不完全さに深く傷ついた人のうちにこそ生まれてくる。じぶんとの約束を最後まで守りきる強靭《きょうじん》さがふといえる瞬間を、過去の痛い経験から思い知っているから、何ごとであれ他者に強制することはしない。おなじこの深い思い知りによって、逆に他者に何かを強制されることも拒む。「たしなみ」は命令されるものでも指導されるものでもありえない。

人間がついに不完全であることを思い知っている人は、だからこそ〈型〉という外からの限定を自分の生にくわえる。こころを整えるにも、まずはからだに段取りをつけさせることから始める。墨をじっくり摺《す》ってから手紙を書く、急須をやさしく温めてからお茶を淹《い》れる……。そういう段取りのうちに、書くこと、呑むこと以上の意味を見いだす。

芥川龍之介の小説「手巾」には、息子を亡くした婦人が、知人の前で取り乱すこともなく端正な姿を保ちつつ、じつは机の下で、膝の上の手巾を両手でぎゅーっと、千切れんばかりにきつく握りしめている場面がある。そういう端正な佇まいを〈型〉としてなぞることで、彼女はおのれの耐えがたい悲しみを演じつくしたのである。「マナー」の演出が、崩れ落ちんばかりの彼女をぎりぎりのところで護ったのである。

年齢のマナー

三浦しをん

チビッコ（といっても、小学校高学年から中学生）を対象とした、文章のワークショップに参加した。太宰治の『走れメロス』を読んできてもらい、「読書感想文を書くことを楽しんでみよう」という試みだ。

メロスの視点に寄り添って書こうとするから、読書感想文は「厄介な宿題」になってしまうのではないか。なにしろメロスは、他人の迷惑を顧《かえり》みない暴走野郎だ。彼に感情移入して感想文を書けと言われても、困惑が先に立つ。

そこで、「メロス以外の登場人物になりきって、メロスと遭遇したときのことを語ってみたらどうか」と、チビッコに提案した。チビッコは乗り気になってくれたようで、「私は絵で表現したい」「俺は友だちと劇をしたい」と意思表明した。それ、全然読書感想「文」じゃない……。

まあいいかと思い、好きな方法でメロスについて語ってくれと言ったところ、チビッコたちは楽しい発表を繰りだしはじめた。「激走するメロスに蹴り飛ばされた犬の気持ち」や「メロスを案じるメロスの妹の気持ち」を小説仕立てにした子もいたし、「メロスが山賊を殴る場面」を絵や漫画にした子もいた。山賊は暴虐な王に雇われてメロスを襲撃するのだが、「王に襲撃を命じられたときの山賊の反応」を劇にして演じた子たちもいた。その劇によると、山賊は王に対してちゃっかり値段交渉し、五万円でメロス襲撃を引き受けていた。小学生が「悪事に手を染めてもいいかな」と思う基準は五万円らしいこと、こちらの予想以上に自由な発想がかれらの脳内に渦巻いているらしいこと、などなどが判明し、大変愉快な気持ちになった。

それにつけても参ったのは、チビッコが私の年齢を尋ねることだ。女子は遠慮があるのか、「不躾《ぶしつけ》な質問は控えよう」と思ってる節がうかがわれるのだが、男子は積極果敢に、「ところで、いくつ?」と何度も聞いてくる。あまりにもめげないので、「三十四歳だよ!」と答えざるをえなかった。するとチビッコの一人(男子)が、「へえ、三十二歳に見えた」と言ったのである。

び、微妙……。そんなの誤差の範囲だろ、と思いつつ、だからこそ真実味が感じられるような気もして、やにさがる。「いい子!」と盛大に褒めておいた。

合コンなどで交わされるという、「いくつ?」「えー、いくつに見える?」なんておためごかしな会話は、もうやめようではないか。年齢を聞かれたら、率直に答える。聞いたほうは、「(その年齢より)二歳ぐらい下だと思ってたよ」と応じる。そうすれば、みんなストレスなくいい気分になれる! と、チビッコに教えてもらったのだった。ありがとう、チビッコ!

発音のマナー

町田康

30年くらい前は一部の業界人のみが使っていた最初の音節を低く発音する平板なアクセントは、その後、次第に一般に普及、いまや、アナウンサーなども平板なアクセントで原稿を読むなどしているというのは、たしなみ・マナーという観点からみるなれば実によいことだと思う。

どんな発音かをパンクという語彙を例にとって説明する。パンクとはパンクロックのパンクで昔は最初の音節を高く発音していたが、最近では平板に、「タイヤがパンクした」というときのパンクと同じように発音する。

そうして平板に発音することによって、なんとなく世慣れた感じがするというか、世界が自分の前にフラットに存在しているというか、そのことについての知識は深いが、そのことについてあまり頑張っていない、対象となるそのことから自分たちが深甚・深刻な影響を受けず、余裕を持って対応できているみたいな気分になり、リラックスしたムードで会話ができる。例えば、保有する株式の株価が下がったとき、これを普通に、「株価が急落してます」と言うと、なんだか嫌な、深刻な気分になるが、これを、下部化、という語彙を普通に発音するときのアクセントで、カブカ、と平板に言うと、「カブカ、下がってるよね」「やっぱカブカってときどき下がるよね」と安易な感じにすることができてとてもいい。

なので、相手に無用の緊張を与えないためにも、どんな語彙も平板に発音するよう心がけ、例えば、テポドン、といったような語彙も、普通に最初の音節を高く発音すると深刻で、嫌な気持ちになるので、これも平板に、牛丼というのと同じ調子で平板に発音するべきで、そうすることによって嫌な気持ちが薄らぎ、その結果、誰も責任を取らなくてよい、明るくリラックスした楽しい社会が実現したような気分になれるのである。

でもそれはこうしてわざわざ言うまでもなく、いまや、大抵の人が大抵のことを平板に発音していて、いまの社会は緊張しないで済む、よい社会だなあ、と思う。

なんて考えていたら少しく腹が減ったので、炒飯《チャーハン》を作ろうと思って、自分が炒飯と最初の音節を高く発音していたことに気がつき、これでは、なんだか自分が炒飯に真剣に向き合っているような感じがしてまずいと反省して、チャーハン、と平板に発音して感じを確かめ、まことに世慣れた、チャーハン界の大立者みたいな感じで、「チャーハン、いいよね」と言ってからフライパンをいい感じに振り、「僕はいまチャーハンを作っている」と言ったら栃木弁みたいな感じになったのはどうすればいいのかわからない。と、また平板に。

SNSのマナー

井上荒野

SNS、ソーシャル・ネットワーキング・サービス。今ならツイッターやフェイスブックが人気である。自分の近況を呟いたり綴ったり写真に撮ったりしてネット上に投稿、友人たちに公開するというもの。

フェイスブックには「いいね！」ボタンという機能があり、他人の投稿への感想として押せる仕様になっている。だが、たとえば誰かの訃報が投稿されていた場合に、「残念だね！」ボタンとか「よくないね！」ボタンが必要ではないのか、という意見がある。

これに加えて「それで？」ボタンがあればいいのに、と言っている人がいた。つまり、昨日私はどこそこのおしゃれな店に行った、今日私は有名人の誰々と会った、そのような近況に対して、自分は「それで？」と言いたくなる、と。

たしかに。私は、大いに納得した。あるいは、SNSそのものを「自分は他人と違う存在であることをアピールしたい、自己顕示欲が強いナルシストたちの集まり」として忌み嫌っている人もいて、これにも一理あると思っている。私たちはSNSに、自分の近況のすべてを書くわけではない。楽しい出来事を書くことも、悲しい出来事を書くことも、成功談を書くことも失敗談を書くこともあるが、すべての投稿には「私が書きたいこと」「私が書いてもいいと思っていること」というフィルターがかかっているのだから。

とはいえ、ツイッターもフェイスブックも使っていて、ときどき自己顕示している身としては、弁解もしてみたい。人は死ぬのだ。私たちの毎日は、消滅に向かって着々と過ぎていくのだ。私たちに残された日々は、多かれ少なかれかぎられている。そのような宿命を生きているのだとすれば、一日たりとも無駄にはできない。したくない。だから私たちは、SNSに必死に投稿するのではないか。

今日という一日を、私は無駄にはしませんでした、今日もこんなに楽しく有意義に過ごしました、失敗しましたがそのことを打ち明ける余裕はあります、悲しいことを私はこんなふうにちゃんと悲しむことができました、と、世界に向かって宣言するために(もちろん「世界」には自分自身も含まれている)。

それにしても、文章とは正直なものである。投稿には嘘も書けるが、「なんだか真実味がない」感じは伝わってしまう。謙遜して書いても自慢していることはわかってしまう。簡単に言えば、書き手の性質や性格は絶対にあらわれる。文章の上手下手とは無関係に、ツイッターのように百四十字以内という制限があったとしてもそうなのである。その危険を侵してまで、(私を含めて)多くの者がSNSに投稿し続けている、人間というのはかように切ない生き物なのだ。

楽屋のマナー

劇団ひとり

僕らタレントはテレビ局に入ると、本番が始まるまでの時間を楽屋で過ごす。局によって間取りは変わるが、8畳ほどの部屋に大きな鏡、洗面所、テレビといったところが一般的だろう。

設置されたテレビでは、放送されている番組を見られるのはもちろんのこと、現在、スタジオで収録されている模様を見ることが出来るので、自分が2本目のゲストの場合、1本目の雰囲気を確認してシミュレーションしておくなんてことも可能だ。当然、テレビ局では日々様々な収録が行われているので、自分が出演しない番組も見ることが可能で、ドラマの収録中、スタッフに対して横柄な態度をとっている若手女優の姿なんかも垣間見ることが出来る。

楽屋での空き時間の過ごし方は人それぞれだが、あまりオススメしないのは映画鑑賞である。タイミング良くスタジオに呼ばれればいいが、ラスト5分という所で声を掛けられたのではその先が気になって収録どころではないし、仮にタイミングよく映画が終わって声を掛けられても、観てた映画が『火垂るの墓』のような内容では、とてもバラエティー番組をやる気分にはなれない。目の前に並んだ絶品グルメに「うわ！　美味しそう！」と過度なリアクションを取るには取るが、どうしたって脳裏にはドロップの缶を持った節子の顔を思い浮かべずにはいられない。

楽屋というのは四方が壁に囲まれており、つい油断してしまいがちだが、あまりその「壁」を信用してはならない。マンションなどの壁と違い、さほど防音のことなど配慮された壁ではないので意外と声が聞こえてしまうものなのだ。

特に壁の薄い楽屋だと缶ジュースのフタを開ける音まで聞こえてくるので、別に聞き耳を立てずとも会話は隣に筒抜けだと思った方が良い。僕も何度か過去に聞いてはいけない会話を聞いてしまったことがある。例えば、週刊誌にスキャンダルをすっぱ抜かれたタレントが記者に直接電話して必死に揉み消してもらおうと懇願する声。「本当にただの友達なんだよ！」と言い訳する様は実に痛々しく、聞いているだけで胸が苦しくなったが、あれだけの願いも虚《むな》しく、数日後、あっさりと記事になっているのを見てさらにその方が不憫《ふびん》に思えた。

他にも「もうブログなんてやりたくないの！」と激怒するアイドルを懸命にマネジャーがなだめる会話を聞いたことがある。どうやらブログは本人の希望ではなく事務所からやらされているらしく、その鬱憤《うっぷん》が爆発したようだった。なにが悲しいって、それほどまでに嫌々やっているブログを実際に見てみると「美容院にいってきたよー！ちょっと大人？っぽくしちゃった」とそんな想いは微塵も感じさせない内容であったこと。あらためてアイドル世界の厳しさを知った。

受け応えのマナー

鷲田清一

「聞き分けのない子ね」

「泣いてばかりいないで、ちゃんと言いなさい」

こんなふうに言われたら子どもも立つ瀬がない。何が起こっているのかじぶんでもわからないから、ぐずるしかないのである。口でうまく言えないから、泣くしかないのである。何が不満なのか、何がやりきれないのか、何にいらだっているのか、自分でもよくつかめていない。だから、ふてくされているのである。すねているのである。うなだれているのである。ごてているのである。そう、憮然《ぶぜん》としているのである。

いま身にふりかかっていることがうまく捉えられないから、ことがらを心のうちにうまくマッピングできない。だから、相手との距離を測ることもできない……。そこにマナーを求めるのは酷というものである。

こういう状況でマナーが求められるのは、訊く側にである。相手の口をなんとか開かせることで、「訊く」を「聴く」へともってゆかなければならない。受け応えのマナーとは、ふつうおもわれているのとはじつは逆で、聴く側のマナーなのである。これは子どもを相手にしたときだけの話ではない。大人もまたこうした鬱《ふさ》ぎにしょっちゅうはまる。

黙り込むひとの前でなんとか口を開かせる巧い手がないかを、いまは亡き臨床カウンセリングの河合隼雄《はやお》さんに訊ねたことがある。返ってきたのは単純きわまりない答えだった。「ほおーっ」と感心してみせることです」。心を込めて、「ほおーっ」と返す。あなたに関心があると相手に合図を送ることだというのだ。

同じ質問を、生物学者の池田清彦さんにも向けたことがある。本でも読みながら生返事を小一時間もしていたら、「センセー、聴いてくれてありがとう。すっとしました」と言って部屋を出て行くよ、とのご返事。そういえば母親だって面と向かって聴くより、台所で夕食の料理の下ごしらえでもしながら、聴くでもなく聴いているほうが、子どもはすすっと口を開いてくれる。

けれども上には上がある。鬱ぎ込み、なんともなげやりな客を迎えて、聴きたくないと突き放すことで、口を滑らかにさせるワザである。そう、ウオーター・ビジネスを生業とするひとたちのワザ。

鬱陶しい話はそらす、はぐらかす、からかう。愚痴やぼやきは、とりあわず、聞こえないふりをする。ときには、わざとつれなくする、憎まれ口を叩く、「帰って」と突き放す。ようやっとぼそぼそ話しだしたら、こんどは聞き流すだけでなく、聴かなかったことにする！何がミソか？突き放すふりをして最後までつきあうということである。つまりは「時間をあげる」ということである。

愛が生まれるマナー

いちゃつきのマナー

穂村弘

映画のなかの恋人たちは美しいが、現実の町でみかける恋人たちの多くは美しくない。電車などでいちゃついている姿をみると、反射的に目をそらしたくなる。どうしてなんだろう。人前でのいちゃつきって、そもそも日本人には向いてないんじゃないか、と思ったりする。これは容姿云々の問題ではない。外国人の柔道がなんとなく柔道にみえないように、日本人のいちゃつきは、多分どこかが根本的におかしいのだ。

もちろん、その行為自体は日本にも古くからあったに違いない。でも、それはあくまでも密室のものだったんじゃないか。まぐわいの序、即ちセックスの入口に当たるようないちゃつき。ならば、そのまま街角に持ち出すのは危険すぎる。

一方、海外原産と思われるオープンエリアでのキスや抱擁は、このような日本的ないちゃつきとは全く次元の異なる行為なのではないか。

じっくり観察する機会が少ないこともあって、両者の違いを具体的に表現するのはなかなか難しいのだが、例えば日本人の握手などにもこれと似た印象があるように思う。

私の場合、相手に手を差し出されてあわあわしているうちに、いつもなんとなく終わってしまう。握力も視線も毎回ランダムで定まらず、曖昧なお辞儀が交ざったりもする。握手の本質を把握しないまま、形だけ真似するためだ。外からみたら、きっとすごく変な動きなのしだろう。これは外国人のお辞儀が、どことは指摘できなくても明らかに妙であることの裏返しだ。

握手のように単純な定型動作でさえそうなのだから、アドリブを含む複雑な動きからなるいちゃつきのハードルは、我々の想像以上に高いと考えるべきだ。

以前、日本人同士の街角キスがお洒落にみえないのは体を密着させたまま行うからだ、という意見をきいたことがある。その瞬間は、顔だけがずっと近づかなくてはならないらしい。なるほど、と思った。まぐわいの序という捉え方からは、そんな発想は生まれてこない。おそらくはこのレベルのディテールの間違いが108個くらい隠れているに違いない。正しいいちゃつきへの道は遠い。

だが、絶望することはない。前回（2006年）の柔道ワールドカップ国別団体戦の優勝は男子がグルジアで女子はフランス（日本は男子5位、女子3位）。現在の大相撲の両横綱はモンゴル出身。そう考えると、諦めるのは早すぎる。

海外の恋愛ドラマを数多く放映するなどして、若年層の裾野を地道に広げる努力を続けてゆけば、やがては日本独自のオリジナル技なども開発され、百年後には世界一洗練されたいちゃつき王国になるのも夢ではないだろう。

夫との買い物のマナー

井上荒野

仕事が忙しいとき、ときどき夫に食材の買い物を頼む。たいていは、その日の夕食の食材である。失敗は許されない。だから細かくメモを書き、項目のひとつひとつについて彼にじゅうぶんに説明し、送り出す。それでもやっぱり妙なものを買ってくる。

「その品物がなかったとき」および「その品物がべつの名前で売られていたとき」がダメなようだ。携帯電話で聞いてくれればいいのに、なぜか自力でなんとかしようとする。つまり代替品を探すのだが、なぜかことごとく「私が望んでいるものから最も遠いもの」を買ってくる。「しゃぶしゃぶ用ロース」を頼んだのに「生姜焼き用モモ」だとか。「生ほたて」が必要なのに「干し貝柱」とか。

新婚の頃は、自分の服飾品を買うのに、夫を連れていくという愚をおかしていた。ちょっとしたパーティに着ていく服を買うためのブティック巡りに、夫を伴い、彼の意見を参考にした、その結果、当のパーティはおろか、その後一度として袖を通すことがない服を、大枚はたいて、私は買ってしまった（その服は今も負のモニュメントとしてクローゼットの片隅に静かに吊《つる》されている）。

なぜ、そういうことになるのか。夫にとってブティックとは、たぶん魚にとっての陸地のごとき場所であるからだ。息苦しくて正常な判断ができなくなる。一刻でも早くその場から逃れるために、嘘を吐く。

だから今はもう決して自分の服を買うときに夫を連れていかないが、さらに彼自身の服の問題がある。放っておくと、夫はファストファッションの店にひとりで買いに行くのだが、そこでもやはり「その店の数ある服の中でも、彼に着てほしいと私が最も思わない服」を選んでしまう。もう不思議としか言いようがない。それを避ける（一緒に外出するときに、へんな服を着させない）ために、一年に二度くらい、彼を連れて紳士用ブティックへ行かなければならない。

そしてやっぱり、かなりの確率で失敗する。お洒落でイケメンでいきなり親密な態度の（夫が最も苦手なタイプな）店員さんが満面の笑顔でセールストークを繰り広げるほど、夫は無力化し、機能しなくなる。

「これ、いいんじゃない？」「うん」「これとこれだったら、どっちが好き？」「どっちでもいい」結局私が采配をふるうしかなくなるが、私が選んだ服に、なぜか夫は家に帰ってから文句をつける。カッコつけすぎてるとか。こんな服で焼肉を食べに行けない、とか。そのうえ、ちゃんと試着をさせたにもかかわらず、サイズが合わない、ということすら起きる。買い物においては決して決して夫を信用してはならない。

夫婦喧嘩のマナー

髙橋秀実

仕事柄、私は家に居ることが多い。基本的に妻も家にずっと居るので、四六時中顔を突き合わせており、そうなると夫婦喧嘩《げんか》は必然で、ある種の日課のようになる。かれこれ24年間にわたって喧嘩をしているので、そこにはおのずと様式というか、マナーのようなものが生まれてくるのである。

何より注意すべきは「失言」だろう。仲直りしても失言は遺恨を残す。「あの時、あなたは○○と言った」などと、ことあるごとに蒸し返されるので、その芽は自ら摘《つ》んでおかねばならない。

では一体、何を言ってはいけないのか。おそらくそれは人格にかかわることなのだろうが、あらためて考えると具体例が思い浮かばない。「言ってはいけない」ということばかりに集中して自戒していると、何を言ってはいけなかったのか、自分でもよくわからなくなってくるし、下手に「○○と言ってはいけない」などと考えていると、心中に「○○」が刻み込まれてしまい、油断した瞬間に口を滑らす危険もあるのだ。

ところが妻は私に対して、

「あなた、才能があるとでも思っているの？」

あるいは、

「この貧乏人」

と言ったりする。もろに人格にかかわる発言で、言ってはいけないことではないだろうか。私が言えば失言になりそうなことを彼女がするすると言えるのは不公平ではないか。その旨を彼女に思い切って問うてみると、こう答えた。

「これは優劣の問題なのよ」

不公平なのではなく、公平に考えると優劣がつくと指摘するのである。確かに、私がいつ何を言ったかを克明に再現できるくらいで、彼女のほうが記憶力も優れている。料理もうまく、ファッションセンスも抜群。計画性や義理人情においても太刀打ちできず、仕事についても、彼女が私の書いた原稿をチェックしてくれている。当たり前のことだが、チェックするほうが立場としても優れており、実際に優れていなければチェックにならないのである。

物事は公平にとらえると優劣が浮かびあがる。不公平なら文句も言えるが、公平には容赦がなく、劣っているほうがひれ伏すというのがマナーなのである。もしかすると「男尊女卑」という不公平な思想も、「男のくせに」「女のくせに」などと互いに文句を言いやすくするための制度にすぎなかったのかもしれない。

いずれにせよ、喧嘩はスポーツと同じように優劣が明確になると終息する。彼女のすっきりした顔を見ると、私まで「ああ、よかった」とほっと安堵したりする。仏教でいう「不二《ふに》（分別、対立を超える）」の境地に至ったようで、何やら解き放たれたような気分になり、そこで私はまた失言したりするのである。

親ばかのマナー

鷲田清一

昔、しばらくドイツで暮らしていたとき、小学校で学期末、親子面接というのがあった。息子はドイツ語がほとんど話せないのだから成績が良いはずがない。が、教師のほうは何ヶ月もドイツにいて、言葉が話せないというのが解せないらしい。その釈明に、ドイツ語がすらすら話せないわたしのほうもしどろもどろ。

他の親たちはどんなぐあいに教師とやりあっているのかと、別の教室をのぞいて見ると、あの親もこの親も、この子がこんな成績であるはずがないと、教師に必死で抗議している。教師のほうも真顔で親の説得にあたっている。

ドイツの親というのはほんとうに「親ばか」だなあと妙に感心した。徹底的に子どもの味方をするのだ。日本なら、子どもの成績がかんばしくないと教師の前で縮こまり、「先生もおっしゃってるでしょう」と、教師の側に立って子どもを諭しにかかる。

日本ではこのところ、クレーマーという「親ばかまがい」の人たちが増えてはいる。が、これは真正の親ばかではない。子どもからすれば、「うちの子にかぎって」という言われ方はそれほどうれしいものではない。だれの名誉のために言ってるのかと、かすかな猜疑《さいぎ》心も芽生える。

真正の親ばかは、無条件で子どもの味方をする。そんな過剰な信頼に、「そこまで言ってくれなくても」と、子どもは引き気味になるくらいだ。

「おりこうさんにしていたら」といった条件をつけないで、じぶんがここにいるという、ただそれだけの理由で世話をしてくれるのが、親というものだ。ところが近ごろは家庭でも条件をつける。「もしこんどの模擬テストで百番以内に入ったら、あのゲームソフト買ってあげるからね」という言い方。愛情にあふれているように聞こえて、その実、愛情に浴するためには条件がつく。

家庭は「しつけ」の場、社会生活のもっとも基本的なルールを子どもに教える場だとよくいわれる。けれども、社会的なルールを学ぶ以前に、そうしたルールの前提となるもの、つまりは信頼ということを深く学ぶ場、それが家庭なのではないか。

よその赤ちゃんが親に、ミルクを飲んだあと、だっこして背中を叩いてげっぷをさせてもらったり、こぼれたミルクを拭ってもらったり、腋《わき》の下や肛門をていねいに洗ってもらったりしているのを見て、ああじぶんもあんなふうに世話してもらったんだなとおもう。そして、熱を出すと親がとても甘くなって、好きなものを何でも食べさせてくれたことを思い出す……。

こうした「存在の世話」をたっぷりしてもらってないと、長じて、生きることが空しくなり、苦痛になったとき、それでも自分が生きるに値する者であることを、じぶんに納得させることは難しいだろう。

デジカメのマナー

劇団ひとり

長年、デジカメで撮り貯めた写真データを整理することにした。フィルムの時代と違って毎度現像するわけでもなく、デジカメの場合、特に迷うこともなくシャッターを押し、データをパソコンに投げ入れておくといった使い方が主で、気がつけばその量も2万枚を越えていた。

さすがにそれを1枚ずつ確認していくのは骨を折る作業なのだが、パソコンの場合、写真にうつっている人物の顔を識別して分類してくれる機能があるので、こういった時に非常に役に立つ。なのでいったん、パソコンに娘の顔を覚えさせれば、数ある写真の中から娘が写っているものだけをピックアップしてくれるのだ。

とは言っても、パソコンも完璧ではないので、似てる人を間違えて選んでしまうこともあり、知り合いの子供が娘の写真の中に混じっていたり、時には何故か『クリス松村』が紛れ込んでいる場合もあったりする。人に間違われるのはまだいい。

僕の写真の中には何故か『お地蔵さん』が紛れていたり、どういう間違いなのか奥さんの写真の中にはただの『壁』が紛れていることもあった。まだまだパソコンの精度が甘いのか、もしかしたら僕らが思っている以上に高性能で、奥さんの心の中にある何らかの『人生の壁』を感じ取ってのことかもしれない。

これだけの枚数になってしまったのは、やはり子供の存在が大きいだろう。現に今使用しているカメラも出産間近に購入した代物である。初めての出産に立ち会うのにコンパクトカメラでは物足りないので、奮発して買った一眼レフ。写真だけではなく、動画も美しく撮影出来るので、陣痛が始まってから出産直後まで必死に回し続けた。

途中、どうしても職業柄か「今の心境は？」や「生まれてくる子供に一言」などとインタビューをしたりして鬱陶しがられる場面もありつつ、合計で3時間ほどの動画を撮影した。しかし、動画というのは写真と違って、撮ったら終わりではない。これを編集しなくてはならないのだ。面倒ではあるが、大事な作業であり、撮ったまま長々と見るのは退屈以外のなんでもない。

その点、僕らは普段からカットされることにはなれているので躊躇がない。結果、3時間分の素材も編集をし終えたら5分弱の作品になっていた。その出来栄えを奥さんに見せたら、十分に楽しんだ様子ではあったが、その後に小さな声で一言「私はプライベートでもこんなにカットされるのか……」と呟いていた。

ひょっとしたら、あれが原因で奥さんの心の中に『壁』が出来たのかもしれない。その隣で『お地蔵さん』のように固まる僕だったのでした。

名前のマナー

井上荒野

私の名前「荒野」は本名である。知っている人は知っているし、知らない人は、当然これはペンネームだと思っていることだろう。考案したのは私であると。少なくとも、私の意思が反映されていると。私にとって、それは大変に心外なことだ。

この名前をつけたのは父だ。もともとは友人の編集者に頼まれて、彼の息子のために考えた。ところが彼の家族が大反対。そこに私が生まれてきたので、流用されたという経緯がある。父はそのとき三十三歳。若い。名付け親ははじめての経験だったろう。きっとものすごくはりきったのだろう。はりきりすぎだし、考えすぎだ、と私は言いたいのである。

ところで、「プロではない人の小説」を読む機会が、私には年に二回ほどある。小説以前に、いつも残念に思うのが「タイトルが下手すぎる」こと。下手なタイトルには二タイプあって、一つは、たとえば「本棚」とか「初恋」とか、まったく考えた形跡のないもの。そしてもう一つが（例を考えるのが大変難しいですが）「蒼白のアンフィニ、または円周率と愛の相似点」といったような、凝りすぎ、がんばりすぎのものなのである。

考えないタイプの人には「もう少し考えてごらんよ」と言えばいいが、がんばりすぎの人へのアドバイスは難しい。彼らは一生懸命考えている。それは正しい。タイトルは小説の一部に等しいものだからだ。だが、彼らのタイトルは、はっきり言えばかっこ悪い。このかっこ悪さについて、どのように説明すればいいか。

「いいでしょいいでしょ、これカッコイイでしょ文学的でしょ」という気分が透けて見えるから、かっこ悪いのかなあ。センスの問題であるとも考えられるが、それでは身も蓋もないので、「とにかく、ちょっと引いてみて」と私は言いたい。がんばって到達したものから、少しマイナスしてみて。込みすぎてるから透かしてみて。

そして話は戻って、この感覚は、人の名前にも通じると思う。今流行りの「キラキラネーム」などは、あきらかにがんばりすぎである（流行っているから、いまや逆の印象になるのかもしれないが）。がんばりすぎた名前をつけられた子供は、何をがんばるより先に名前と張り合ってがんばらなければならないので、なかなかに厄介な人生を約束されてしまうんですよと、私は重ねて言いたいのである。

とはいえ、長年かけて折り合ってきたこともあり、今は私は自分の名前を気に入っている。手前味噌ではあるけれど、がんばりすぎの、ぎりぎり許容のレベルではないか、とも思っている。「荒野」以下なら良し、以上ならやりすぎ。これから命名する方は、そういう基準をお試しください。

逃げて勝つ
マナー

逃げ方のマナー

佐藤優

中学3年生（1974年）のときのことだ。当時、通っていた学習塾の数学の先生に、逃げ方のマナーについて教わったことがある。東京大学工学部と大学院を卒業したその先生は20代後半だった。先生から私はよく食事をおごってもらった。

先生は私を子供扱いせず、政治や哲学の話をいろいろ教えてくれた。あるとき、ふと私は、「先生は革命をしようと思っているの」と尋ねた。そのとき、先生はしばらく沈黙してからこう答えた。「革命をしたいと思っていたが、僕は逃げた。佐藤君、人は誰でも逃げなくてはならないようなときがある。そのとき重要なのは『逃げた』ということを正確に記憶することだ。逃げたのに闘っていると誤魔化すのがいちばんいけない」

いまになって振り返ると、この先生は、東大全共闘の元活動家だったのだと思う。「逃げた」ということをきちんと認識すること、それが逃げ方のマナーだということを先生は私に教えてくれた。そして、私はこのマナーをできるだけ守るようにしている。

逃げ方のマナーをきちんと身につけていることは、外交官にとってとても重要だ。正面から戦っても負けることが確実な案件に関しては、うまく「逃げる」のである。このときに「状況がこちらに不利なので逃げる」という自覚をきちんともっていることが大切だ。その自覚がないと勝ち目のない交渉に深入りしてしまいかねない。

具体例をあげよう。北方四島に日本人が渡航する場合だ。歯舞、色丹、国後、択捉からなる北方四島は日本固有の領土というのが日本政府の立場だ。北方四島へロシアの査証《ビザ》を得て渡航することは、ロシアの管轄を認めることになりかねない。そこで日本の外務省はロシア側と交渉し、特別の枠組みを作った。

渡航の際はA4の厚紙を2枚用意し、氏名、生年月日等を書いて写真を貼った身分証明書と付属書類を1枚ずつ作成する。ロシア側は証明書をパスポート、付属書類をビザとして扱う。日本側は渡航を国内旅行、ロシア側は正式の入国手続きを経た海外旅行とみなす仕組みだ。

玉虫色の合意なので、問題を細かく詰めることはあえてしない。例えば、北方四島に入域する際に、日本側はロシアの税関職員に自発的に携帯品リストを提出する。それがロシアの税関申告書とまったく同じなのである。税関申告書に記入する代わりに、自発的にまったく同じ書類を提出して逃げているのである。

「逃げている」という認識をもっている日本の外務官僚は、こういう問題をあえて詰めない。詰めると日本にとって都合がよくない状況が生じる。逃げ方のマナーをきちんと踏まえておくことは、外交交渉においても大事なのだ。

沈黙のマナー

町田康

昔から、沈黙は金、雄弁は銀。なんてなことを言う。どういうことかというと、ええ感じで淀みなく喋る能力よりも、じっと黙っている能力の方が尊い、ということである。となれば、訥弁《とつべん》は銅、能弁は鉄、駄弁はアルミ、大阪弁はニッケル、みたいなことになるのだろうか？　僕はドカ弁が好きなのだが。といったような下らぬことを言わずに黙っていろ、ということを言っているのであるが、マジ、本当、心の底からそう思う。

エレベーターに乗っていたとする。そのとき、妙齢の女性が大きいのを、ぶう、とやってしまった。そんな場合、女性に恥をかかせないためにはどうすればよいか。「ふわーい、別《べっ》嬪《ぴん》のくせに屁ぇこきよった」などと囃し立てるのは下の下としても、屁をこいたのはその女性であるのは誰の目にも明らかなのにもかかわらず、「失礼をいたしました。私が屁をこきました。どうもすみませんでした」みたいなことを言うのは最低である。

ではどうすればよいのか。黙っておればよいのである。

ことさらに騒ぎ立ててその問題を顕在化させるのではなく、胸中に様々の思いが去来、ついそれを口にしたくなるのを、ぐっ、と堪《こら》えて沈黙する。結句、それが一番なのである。

会社なんかでもそうである。「利益があがらない。このままでは会社が潰れてしまう。どうしたらよいか。意見を述べよ」と言われたとしても、巌《いわお》のように押し黙ってなにも発言しないのがよい。だってそうだろう、意見つったたって、利益が上がらないのは不採算部門を抱えているからで、それを切る以外に意見などありようがない。しかし、それを言うということは仲間同士で、あいつのとこが悪い、いや、あいつのところの方がもっと悪い、なんてそんなこと言い合ってなににになるだろうか。なににもならない。みんなが厭な気持ちになるだけである。

とにかく余計なことは喋らず黙っていること。それはマナーでもある。

御政道に携わる人もそうだ。国際会議などで我が国の代表が談笑の輪に入っていないといって文句を言う人があるが、なにをいうか。あんなところでペラペラ喋るのは、沈黙は金、ということを知らぬ愚人のすることである。

とはいうもののまったくの無言では議論ということができないのでなにかは喋らなくてはならないが、その場合でも、みんなが聞きたくない、聞いたら厭な気持ちになるようなことについては沈黙するのがマナーであろう。

なんてことをこんなところでペラペラ弁じ立てている俺は弁当殻にも劣る、マナー知らずのトゥーマッチモンキー野郎ちゃんである。おもろいことである。

居留守のマナー

平松洋子

自分の家で学習塾をやっている友だちがこぼしている。

「朝から晩までのべつまくなし家に人が出入りしているから、居留守を使う余裕もない」

居留守、それは個人を守る手段でもある。早期退職して田舎暮らしをはじめた友だちもしきりにぼやく。

「プライベートが全然ないから居留守なんかあり得ない」

しかし、居留守は人間関係のクッション、社会生活の潤滑油。おたがいの領域を守るために編み出された「変化球のマナー!」なのです。

わたしの居留守の筆頭パターンは、宗教関係とおぼしき勧誘訪問である。路上から、隣家での押し問答が聞こえてくる。「ほんの少しお話だけでも」「いえうちは結構です」「でも、ぜひ祝福を」……熱心なことこのうえない。つぎの番はうちか⁉ 身構えていると、はたしてピンポン。

(もうしわけないが、居ないことにさせていただきます)

おたがい不毛な時間を避けるための良策だから、と自分を勝手に祝福する。

または、つい居留守を使いがちなのは午前中に風呂に入っているとき、宅配便の配達である。早朝、数時間机に向かったあとの風呂はわたしにとって至福のひとときなのだが、このときチャイムが鳴る。あ、宅配便だと直感してあわてながらも、ざばっと風呂を飛び出せない。すみませんすみませんと唱えて、2度に1度は湯のなかに身を沈めて自分の幸福にしがみつく。

しかし、世間は甘くない。午前10時ごろ、宅配便の配達が2件重なったことがある。ちょうど外出しようと表に出ていたわたしはチャイムが自分の家のなかで鳴っていることに気づかないまま、外の2人の会話を耳にしてしまった。

「不在ですかね」

「うーんどうですかね。たまにこの時間、風呂に入ってることがあるんですよ」

それはわたしのことだった。卒倒寸前だ。玄関を開けるまでの妙に長い時間、濡れた髪、素足……プロはお見通しであった。居留守も方便とはいえ、いい気になっていると足元をすくわれる。

苦笑まじりの緩い関係にとどまっているときはいいが、これがおカネ方面となると話はべつだ。集金、借金の取り立て。あっちにはあっちの理由があり、こっちにはこっちの都合がある。食うか食われるか、居留守はおたがいの自尊心をかけた大勝負だ。

ところでつい先日、居間の窓の外になつかしい顔が見えた。ときどきえさをねだりに来る野良猫である。物欲しげに部屋のなかをのぞきこんでいるのだが、ごめん許せ。目が合わないようこそこそ隠れて居留守を使う。あのね、うちの猫、老衰で死んじゃって、あげるえさがもうないのよ。

保留のマナー

町田康

この三年くらいで、とは、が広く天下に浸透していて、大変喜ばしいことだとは思っている。なんて言うと、読んでいる人はなんのことかわからないとは思うので説明をすると、四年くらい前までは、「大変喜ばしいことだと思っている」と言うのが普通であったのだが、三年前から、「大変喜ばしいことだ、とは、思っている」と言う人が急激に増えたのである。

それによってどんなよいことがあるかというと、自分の考えを相手に正確に伝えることができる。どういうことかというと、以前のように、「喜ばしいことだと思っている」と言った場合、相手はその言葉をそのまま受け取り、ああ、この人は喜んでいるのだな、と思ってしまうが、「喜ばしいことだ、とは思っている」と言うと、相手に、喜ばしいということ以外の、なにか別のことも同時に思っている、と伝えることができ、それは、口では喜ばしい、と思いながらも腹のなかでは別のことを考えていることが多い、人間の思い、がより正確に相手に伝わるということである。

いまの世の中で一番恐ろしいのは自分を誤解されることである。それを避けるためには、自分の考えを相手に正確に伝える必要がある。そのためにこの、とは語、はもっとも有効な手段なのである。

例えば街頭インタビューなんつって、往来を歩いていたらいきなり政治向きのことについて意見を求められる。もちろん、普通の人間は、自分の生活のことで頭が一杯で、咄嗟に卓見を述べることなんてできない。せいぜい、「真に国民のためになる政治をやってほしい、と思います」みたいな紋切り型しか言えない。しかし、正確に言うと違う。自分はしょうむない奴ではなく、もっと味わい深い人間だ。ただ、いま咄嗟に気の利いた意見が出てこないだけだ。そこで、「真に国民のためになる政治をやってほしい、とは思います」と言う。さすれば、と同時に自分は、別のいろんなこともちゃーんと考えている、ということを正確に伝えることができるのである。

謝罪をする場合なんかもそうだね。「申し訳ないと思っています」ではダメで、「申し訳ない、とは思っています」と言わないと、申し訳ないと思いながら、心のなかに、「なんで俺が謝らんとあかんのんじゃー」と思っている気持ちが正確に伝わらない。そして、謝罪の場合、この、とは、に、とは、のバリエーションとしての、については、が合わせ技として用いられ最大の効果をあげる場合が多い。すなわち、「○○については、申し訳ない、とは思っています」と言うことによってより正確に思いを伝えるのである。

こういう言い方がマナーとして広く浸透することは大変によいこと、とは思ってねぇよ。タコ。

最弱のマナー

三浦しをん

某月某日、「ボウリング最弱王決定戦」に挑むため、某ボウリング場に五人の猛者《もさ》が集った。「ぼう」ばっかり（ボウリングの「ぼう」も含め）で恐縮だ。

どうしてボウリングの弱さを競いあうことになったかというと、子どもじみた意地の張りあいが発端だ。飲みの席でボウリングの話になり、「ボウリングをしたのは生まれてから一度だけ」「ストライクを出したことがない」「自己ベストスコアが二十台」などとダメぶりを披瀝《ひれき》しあい、互いに引っこみがつかなくなったのである。

めいめいが飲み会から一月《ひとつき》ほどイメージトレーニングに励み、満を持して開催された「最弱王決定戦」は、史上まれに見る低レベルな戦いだった。結果、最弱王の称号を獲得したのは、まんまと私。ちなみに、スコアは五十九。ストライクどころかスペアも一回も出せなかった。

強いて「よかったこと」を探すと、「最弱王決定戦」なので、うまくやろうというプレッシャーから解き放たれ、各々がのびのびと戦いに挑めた点だろうか。「フェイント・ペンギン戦法（ラインまでちょこまかと小走りし、しかしなぜか球を転がす寸前に完全に静止して、助走の意味を無にする戦法）」「球速重視戦法」など、さまざまな技法（？）が編みだされた。もちろん、猛者たちはみな、至極真剣にストライクを狙いにいってるのである。人間心理とは不思議なもので、「負け、すなわち勝利」な戦いにもかかわらず、ゲームに熱中するにつれ、ハイスコアを出したくなってくるのだ。

昨今では運動会などでも順位をつけない、と聞いたことがあるが、それは負けん気や向上心の芽を摘むような、おおげさに言えば人間の本能と矛盾するシステムである気もする。そこで、いっそのこと「最弱」を競えばいいのではないかと思いついた。

「かけっこ最弱王」「営業成績最弱王」などに輝いたものを、周囲が本気で称《たた》え、祝福する。最弱王としては、かなり悔しい。次こそは「二番目に弱い」ぐらいを目指してやってもいいかな、という気持ちにもなろう。「最強」を目指すほどの実力も精神力もないものにとって、「最弱王の座だけはなんとか回避したい」というのは、さほどプレッシャーがかからず、さりとて自堕落になりすぎることもない、ちょうどいい目標値である。

熱き戦いを終え、初代ボウリング最弱王と四名の臣下は、居酒屋で慰労会を行った。「さすが最弱王。実力が図抜《ずぬ》けていた」と臣下たちに持ちあげられた私は、「王座がよもやこんなに居心地の悪いものであったとは」と複雑な思いを嚙みしめながら、勝利の美酒（ビール）を飲み干したのだった。

受け身のマナー

髙橋秀実

高校、大学、そして会社に入っても柔道部に所属していた私は、自分で言うのもなんだが、受け身がとても上手い。

投げられたらすかさず畳を手で叩く。手が使えない時は足で叩く。いかなる体勢でもほとんど無意識のうちに受け身をとる。パーーンという快音が場内に鳴り響き、大した技でなくても「一本」になったりするのである。

負けじゃないか、と指摘されそうだが、勝ち負けより大切なのは身の安全である。そもそも柔道は護身術のひとつ。たとえ勝ってもケガをしたら元も子もないし、きちんと受け身をとれば、すぐに立ち上がって反撃にも出れる。「一本」を取られると試合は終わってしまうが、試合というのは技の「試し合い」。試した結果をお互いにわかりやすく明示してこそ、嘉納治五郎《かのうじごろう》先生の「自他共栄」の精神ともいえるわけで、私などは受け身の技を披露したいくらいなのだ。

大体、柔道技の極意は「押さば引け、引かば押せ」というくらいで、相手の動きを受けてかけるもの。柔道そのものが受け身といってもよいのではないだろうか。

「自分からいけ！」

などと試合中に掛け声をかける人が多いが、本当に自分から技をかけようとするとバランスを崩し、その裏を突かれる。護身術なのだから自分から技をかけるのは矛盾しているし、「自分からいけ！」という人も、実際は自分からはいかない人である。本心では「自分からいくな！」と言いたいのだが、昨今のルールでは、自分からいかないと「消極的」だと判断されて「指導」を取られてしまう。やむなく積極的なふりをさせられているだけでこれは本来の柔道ではない。消極というのはマイナスという意味であり、相手がプラスでくるからマイナスで相殺するのが柔道で、こちらまでプラスでいったらプラスとプラスで増長するばかりになり、一体どこまでいくのかわからなくなる。

「受け身でいけ！」

と私は声を上げたい。柔道に限らず、近頃は何事も「受け身ではダメだ」といわれがちである。おそらくビジネス書などの影響だと思われるが、ビジネスもお客さんあってのビジネスで、本質的には受け身である。受け身なのにそこに自発性を求めるから「モチベーションが上がらない」などと悩むことになるのだ。やらなければいけないからやるだけのこと。全身受け身となって「どこからでもかかってこい」と前に出る。それこそが柔《やわら》の道なのである。

平成24年4月に中学校で武道が必修化されたが、受け身の指導は徹底的に行なっていただきたい。教えるのは受け身だけでもよいくらいで、とにかく生徒たちにはケガをさせず、この世に生を受けた者、つまりは生まれながらの受け身としての自覚を持たせてほしい。

物忘れのマナー

三浦しをん

最近、単語がすんなり出てこない。脳内ではちゃんと正解が浮かんでいるのに、いざ口にしようとすると、激しく言いまちがえてしまう。

「ほら、あそこですよ。観覧車があって、デートでカップルがよく行くという……。『百貨店』じゃない、『博覧会』じゃない、えーと……、『遊園地』！」

といった調子で、これは加齢による物忘れの一種ではないかとおののいている。

いっそのこと、「自分にとって都合の悪い言葉は、すべて言いまちがえる」というのはどうだろう。

「年末も近づき、街はイルミネーションで彩られてますねえ。つい先日なんか、赤い服着て白いひげ生やしたひとが、『おいしいケーキはいかがですか』なんて、店のまえで通行人に呼びかけたりしてさ。チビッコたちも、『ママー。今夜、赤い服着て白いひげ生やしたひと、うちにも来てくれるかなあ』なんて、楽しみにしちゃってさ。ほんと、胸躍るイベントですよね。えーと……、『栗きんとん』って！」

この調子で、恋人たちが浮かれさんざめくという例のイベント名は、意地でも口に出さない。栗きんとんケーキ。栗きんとんプレゼント。ホワイト栗きんとん。

おお、いい感じではないか。例のイベント名を栗きんとんと言いまちがえるだけで、こんなにも穏やかな心持ちになれるとは。

人間、ときとして攻めの姿勢も大切だ。物忘れを食い止めるのではなく、積極果敢に物忘れしていく！　そう心に決めた私は、都合の悪い言葉を自分の脳裏からどんどん消去していった。

すると、「結婚」や「交際」といった単語を耳にするたび、自然と意識が遠のき、無我の境地に至るようになったのである！

けっこん？　こうさい？　なにその単語、私の脳内辞書には登録されてないから、よくわかんない。いや、わかんないと感じる自分すらも存在しなくなり、まったくの「空《くう》」。悟りとは、悟ったと思う自意識すら消滅した状態だという。ややもするとそれに近い、高僧なみの境地だ。

おかげさまで、「あなたはいったいいつ結婚するの。このままじゃあ、私も安心して死ねませんよ」と齢《よわい》九十を超える祖母にかき口説かれても、心は平穏そのもの。「大丈夫！　祖母孝行だと思って、その『結婚』とやらをしないようにするから、おばあちゃんは百三十歳ぐらいまで生きてね！」と切り返す余裕の態度を見せている。

念には念を入れて、祖母の脳裏からも「結婚」の単語を消去したいところなのだが、齢九十を超えてるわりに、祖母はしゃっきりしている。

物忘れっていいものですわよ、おばあさま。

ベタを粋にするマナー

お断りのマナー

平松洋子

こんな自分はだいじょうぶなんだろうか。毎日やたらに「だいじょうぶ」を連発中だ。

はじめて寄ったパン屋で。

「スタンプカードをおつくりしましょうか?」

「だいじょうぶです」

コンサート会場の受付で。

「来月からメールでイベントのご案内を送ります」

「あ、だいじょうぶです」

とにかく便利である。なにがどうだいじょうぶなのかまるで意味不明なのに、気分だけはちゃんと伝達される点がすこぶる重宝。また、「だいじょうぶ」は明言を避ける方便である。すっきり拒否してもなんの支障もないくせに、ここはひとつ穏便にスルー。ようするに曖昧と逃げ腰の所産で、丁寧なわけでもなんでもない。つねづね自分でもたいへん情けない。お断りのマナーとして、どうなのか。

さすがにずるいなと思うのはこんなときだ。マラソンをいっしょに走ろうとしきりに誘われて、

「うーんまだだいじょうぶ」

「まだ」とくっつけてみせる自分がいじましい。もちろん「だいじょうぶ」も依然意味不明。先延ばしのふりをして、じつは気が向かないのを明らかにするのがこわいだけである。「わたしは、いい」とはっきり言え。自分に突っこみを入れるのだが、いったん相手を肯定してみせてから穏便なお断りに持ちこむ「だいじょうぶ」の手軽さに勝てない。

とはいえ、断るのはほんとうに難しい。どちら様にもだいじな主義主張や流儀がおありのところを、どうにか穏やかに。「だいじょうぶ」は世間を渡る知恵でもあるわけだが、ただし、編み目を巧妙にかいくぐる確信犯の気配がある。料理屋でごはんのお代わりを促されたとき、にっこりして「まだだいじょうぶです」などとも口走ってしまう。この場合は弱気というより、さらりとその場しのぎをしたいだけ。「十分いただきました」「おなかいっぱいです」、まともなお断りの方法はいろいろあるだろうに。

その場その場に見合う言葉をあてがうのを面倒くさがっているだけなんですね、たぶん。意を尽くしてちゃんと応じればすむものを、やわらかなニュアンスの一語を発見して、すっかり横着になってしまった。

つい先日、女ともだちと茶飲み話をしていると、彼女がぐちを言う。

「『察してくれ』って言われるとむっとする。自分が逃げているだけなのに、察しなかった相手を責める。あれはずるいよね」

お説ごもっとも。「だいじょうぶ」と断るのは「察してくれ」と甘える変形なのだと思った。

納得のマナー

鷲田清一

他人の言葉に、わたしたちはよく「わかる、わかる」と応じる。世間話や噂話で時間をもたすときなら、そういう対応でいい。相手の話しっぷりに「わかる、わかる」と伴奏をつけ、囃し立てる。座を盛り上げるためにだれもがよくやることである。

ところが、話がじぶんのこと、とくにじぶんが思い悩んでいることになると、「わかる、わかる」というこの言葉、逆に事態をこじらせてしまう。

独りで思いつめ、考えあぐねているとき、ひとはだれかに聴いてほしいとおもう。そのときはたぶん、こうするしかないとほぼじぶんでも感づいているのだが、踏ん切りがつかず、それでだれかに聴いてもらい、「そうだね」と背中を押してもらいたがっている。

意を決して、大事なことをぽつりぽつりと口にしてみる。そのとき、調子よく「わかる、わかる」などと返されると、「そんなにかんたんにわかられてたまるか」と言い返したくなる。それどころか、「何がわかったの?」と嫌みの一つも言いたくなる。いくら言葉を重ねても通じないときは、話す前よりもいっそう深い鬱ぎにとらわれる。反論されると、意見を訊くつもりだったはずなのに、「言わなきゃよかった」と後悔する。

聴いてもらう側には、わかられ方へのそれなりの要求があるわけである。

おなじことはじつは聴く側でも起こる。「言っていることはわかるけれど、わかりたくない」というこだわりというか意地のようなものが、しばしば首をもたげる。

ここで、「わかる」ということにはたぶん二つのことが含まれている。一つは、理屈でわかること、つまり理解。いま一つは、理屈で割り切っても割り切れないままに残る想いにそれなりのけりをつけること、つまり納得。ひとがよく、「理解できるけど納得できない」と口にするのもそういうわけである。

みずからをくりかえし襲う病、身内の理不尽な死などは、理解はできても納得できないことの最たるものであろう。

家裁でむかし調停の仕事をやっていた友人が、あるときこんな話をしてくれた。「たがいに一歩も譲りあうことなく、相手をなじり、ののしるばかりだった夫婦が、万策尽きて、歩み寄りの余地すらなくなり、合意は無理とあきらめたそのときにようやく、「わかりあう」ということが始まるんですね」、というのだ。

断念によって心のステージが変わる。そのときはじめて、土俵から最後まで降りずに、この苦しい果てしのない時間を共有してくれた相手への思いやりがかすかに芽生える。ともにもがき苦しんだその時間を確認したあとにしか、納得は起こらない。そのあとである。「理解はできないけれど納得はできる」という言葉がふと漏れもするのは。

オヤジギャグのマナー

三浦しをん

聞くものに氷点下の世界を体験させる発言。それが俗に言う「オヤジギャグ」だ。「新聞で読んだんだが、コンクラーベ（ローマ教皇を選出する選挙）ってのは、まさに根比べだなあ、田中くん」

などと部長に話しかけられた日にゃあ、「いやあ、ははは」と愛想笑いをするほかない。職場に吹き荒れるブリザード。

要は、他愛ない掛詞《かけことば》だ。部長本人にはまったく悪気はなく、むしろ「俺の気の利《き》いた発言で職場の空気をあたためてやろう」と思っているらしき節がうかがわれるのだが、裏目に出ることが多い。

どうして、こういったギャグを「オヤジギャグ」と呼ぶのかといえば、発言者に中高年男性が多く見受けられるからだろう。若年者は掛詞系のギャグを思いついてもグッと飲みくだすのだが、中高年者は加齢により喉の筋肉がやや衰えるせいか、思いついた端から垂れ流してしまう。そして、「寒い」とか言われる。哀れだ。

と、他人事《ひとごと》のように言っているが、私も最近、オヤジギャグを連発するようになってしまった。なにかひとつの単語を聞くと、同音異義語が次々に連想され、ぬるいギャグを言わずにはいられない。加齢とともに語彙《ごい》が増え、連想が無限大に広がるようになったんだ、と解釈したいところだが……。

オヤジギャグは扱いに困るものだが、古来の雅《みやび》なる伝統に基づく言葉遊びだとも言える。『古今和歌集』には、掛詞を駆使した技巧的な恋歌がたくさん収録されており、これがオヤジギャグのオンパレードなのだ。たとえば、「よみ人しらず」の歌。

君が名もわが名もたてじ　難波《なには》なるみつともいふな　あひきともいはじ
（きみとわたしのことが噂《うわさ》になっちゃまずいから、難波の御津《みつ》〔見つ＝会った〕とも言ってはダメだし、網引《あびき》〔地引き網のこと＝逢い引きした〕とも言わないどこうね）

……どうですか、この入念なまでのオヤジギャグ波状攻撃は。こんな和歌をもらったら、うっとりすればいいのか、焚《た》きつけにでも使えばいいのか、ちょっと判断に迷うところだ。

しかしまあ、真夏の電力不足が危惧される昨今でもあるし、積極果敢にオヤジギャグを迸《ほとばし》らせ、周囲の心胆を寒からしめようではないか。そう考え、私は先日、さっそく実践してみた。知人が、

「高校時代にカーペンターズの歌に感銘を受け、覚束《おぼつか》ない英語で歌っていたら、おかんにダメ出しされたんですよ」

と言ったので、

「そうか、オカンペーターズには不評だったか」

と答えたのだ。

知人の反応は寒々しき無言であった。わーい、目論見《もくろみ》どお……り……！

流行語のマナー

井上荒野

流行語が流行するのは、気が利いていて、面白いからだろう。たとえばアラサーとかアラフォーとか、イケメンとかイクメンとか、最近やたらと縮めるのが流行っているが、「縮める」ということがひとつの流行りなのだろうし、縮めかたや、縮めるに際しての言い換えにある種のセンスがあるものが、広まっていくのだろう。

でも、流行語は、それがじゅうぶんに流行した時点で、つまらなくなる。ようするに使われすぎて、俗化してしまうのだろう。気が利いていたはずの言いまわしは次第に鼻についてくるし、「何でもかんでも縮めればいいってもんじゃないでしょう」という気分にもなる。この時点で、流行語を連発する人も、つまらない人間に見えてくる。テレビばっかり観てるんだなあと思われるし、矜持《きょうじ》とか、批判精神とかは持ち合わせていないのだろうかとも思われるので、気をつけなければならない。

流行語が流行するもうひとつの理由は、それが便利な言葉だからだろう。あるとき知人からもらったメールに「私的には……」ではじまる一文があり、そのあとに（私的って、大きらいな言いまわしです、念のため）と注釈してあって、笑うしかなかった。ほかの言いまわしを考える手間ははぶくが言い訳もしたい、というところだろう。

といっても、私自身も人のことは言えない。たとえば「微妙」。これはむろん造語や新語ではなく、「使われ方」が流行っているわけだが、この便利さは比類ない。「原稿の進行状況はいかがですか」と問われて、「どうもうまく進んでいなくて、でも今夜お酒をがまんしてがんばれれば、明日の締切に間に合うかもしれない、でもがんばれるかどうかわからない」と答えるかわりに「微妙」と答えることができる。「新しい担当編集者、どんな感じ？」と問われて、「人は良さそうだけどなんか覇気がなくて、本や小説の話も全然しないのよね」と答えるかわりに「微妙」と答えることもできる。

それで何となく言わんとするところは伝わるし、少なくとも、伝わっている気持ちにはなれる。時間の短縮というよりは、長く詳しく喋った場合に伴うはずだった、自分の心の疚《やま》しさとか痛みを感じずにすむ。

しかし、やはりこれは堕落だろう。どんな言葉もそのときそれが存在する理由を携《たずさ》えて、唇から世界へ出ていくべきなのだ。流行語を使うなら大安売りせずに、どうしても使わなければならない場合にかぎって口にするべきなのだ。そのときは言い訳などせず、ただ表情に、「やむを得ないのです」という気持ちをたっぷりと染み出させながら。

アホのマナー

鷲田清一

　空気が読めないやつがいる。それもアホだが、空気を読んでばかりいるやつはもっとアホ。が、そのさじ加減がなかなかにむずかしい。

　上方ではむかしから、「アホになれんやつがほんまのアホ」と言う。

そろそろ議論をまとめなければならない段になってそれでも矛を収めないほうがほんとうは正しいにしても、それにもやり方がある。事を収めるにはだれかが折れないといけないのに、そのアホ役をだれも引き受けない集団は、それこそ収まりが悪い。そして、だれかがそのアホ役を引き受けたとき、そいつをまた別のだれかが「アホやなあ」と、たしなめるふりして慰める、そういう集団は持ちがいい。

「アホやなあ」――いたわりの言葉である。みすみす損をすることがわかっていても、情にほだされて、あるいはせこいこと、みみっちいことが嫌いで、ついやらかしてしまう……。それは当然、世間的にはアホである。そのアホを、ほんとうはまっとうだと認めているのが、「ほんまにアホやなあ」という言葉なのだ。

「アホや、あいつは」と、第三者のことを揶揄《やゆ》する場合もある。深く傷ついている相手への思いやりの言葉なのだが、それでもどこか傷つけてしまったやつのことを心の底では許しているところがある。どちらが悪いというのではなく、関係そのものにどこか「アホ」なところがあったのだと、だれに言うともなく言っているところがある。

年来の友人に久しぶりに会ったとき、顔の疲れややつれにぎょっとすることがある。いろんなことがうまくいかず、忸怩《じくじ》たる想いをいろいろにため込んできたのだろう。だから近況については訊かずに、どうでもいいような話ばかりしてしまう。ひとしきり話して最後、「やっぱりアホは治らんなあ」とつぶやきあって別れる……。

子どものころ、夏休みに岐阜の祖父のところへ預けられたとき、その祖父にしょっちゅう「たーけー」という言葉とともに頭をこづかれた。そう、「たわけ」。「たーけー」と言いながら、顔を崩して一日中遊んでくれた。子どもにいたずらをし、子どもをきゃっきゃっと言わせて愉《たの》しんでいた祖父。人間には、他者を歓《よろこ》ばせることでみずから歓ぶところがあるらしい。かつては、他人を歓ばせるために進んでアホになるひとたちが数多くいた。それがいまは、アホになると「責められる」「責任を負わされる」と言って、なかなかアホになろうとしない。「アホやなあ」という言葉でたがいにリスペクトしあうような関係はどこへ行ったのだろう。

「それはまだ人々が『愚』と云う貴い徳を持って居て、世の中が今のように激しく軋《きし》み合わない時分であった」。明治四十三年、谷崎潤一郎は小説『刺青』の冒頭にそう書きつけていた。

さよならのマナー

平松洋子

火曜日の恒例「たしなみのマナー」欄、わたしの受け持ちは今日が最終回である。毎月一度書きながら、つくづく思ってきた。世間は地雷に充ちている。一歩踏みだせば、ちっちゃな地雷、おおきな地雷、弾《はじ》けてぼんっ。「たしなみ」などと柔らかい言葉でくるんでおかなければ、じっさい恐ろしくてやっていられない。

「たしなみ」の種は尽きまじ。しかし最終回にふさわしいのは、やっぱり「さよなら」の瞬間に潜む地雷だろう。

最後の最後でだいなしになるのは、つらい。でも意外にあるんですね、そういうときが。いちばん卑近なところでいえば、飲み会のあと誰かが言い出す「もう一軒」。

あー楽しかったね、などと誰かが場を締めくくっているそばから、指一本ぴっと立てて「ね、もう一軒いこ。だめ?」。別れがたいというより、たんに飲みたいだけなのだが、その姿が結構かわいいので誰かが救ってやることになる(明日はわが身でもあるから)。

さよならの瞬間には魔物が現れる。見たくなかった、知りたくなかったことを容赦なく暴いてくれる。

あるとき、年下のひとと食事をして会計をする段になり、(やっぱりわたしがごちそうしたほうがいいかな)と迷ったが、なりゆきで割り勘になった。店の外に出てあいさつをして別れ際、そのひとがつるりと口を滑らせた。

「ごちそうさまでした」

あちゃー。あせっても遅い。やっぱりわたしが支払うべきだったんだな。反省しつつ足取りは重い。なにもしていないのに「お世話になりました」と言われるのとおなじで、こういうとき、自分の不甲斐なさに意気消沈する。

「じゃあね」と手を振ったあと、「あ、そういえば」と踵《きびす》を返して近づいてくるひとにも、たいてい魔物がくっついている。「じつは気になってることがあって」「さっき言いそびれたんだけど」……たいしたことではなくても、別れ際に告げられると妙なあと味の悪さが残る。さっきまでの楽しさがすっ飛び、置き去りにされた魔物をひとりであやすはめになるところが、ちょっとせつない。

さよならの瞬間、よけいな魔物の侵入を防ぎたいと思うのは、いま終わりかけている時間の楽しさを守りたいから。おとなになるほど、誰もが身に沁みてわかっている。ほんとうは、楽しいことはそうそうはない。そのぶんにこっと「じゃあね」。手をふって、すっきり別れる瞬間が尊いのだ。だからなのだろう、席を立ちながら間髪入れず「つぎ、いつにします？」と畳みかけられると、うれしい反面、かすかに気持ちがざらつくのは。

あれ？ ここまで書いて急に不安になった。この最終回、すっきり別れてる？

ステキな
お客さまの
マナー

一見客のマナー

平松洋子

浜の真砂《まさご》は尽きるとも、世の中に憂いのタネ尽きまじ。善男善女が渦中に引きずりこまれるのは、たとえば一見《いちげん》の客になったときである。初めての店の客、つまり常連客の対極。店ではこっそり「一見さん」と呼ばれたりする。

喫茶店、レストラン、居酒屋……知らない店にぶらっと入れば、誰でも一見の客の立場になる。なんだ、いつまでも注文をとりにこないと腹を立てていたら、最初に食券を買わなきゃいけなかったと赤面するのも「一見さん」ならではの展開だ。常連客や地元客の多い店ほど場を支配する空気が濃くなり、ハードルはおのずと高くなる。重厚感漂う見知らぬバーの扉を押すと、いきなりバーテンダーにまっすぐ視線を据えられ、「ひっ」と凍りつく。この手の場所は馴じみの客にくっついて入るに限る。

「一見さん」はあらかじめへっぴり腰で負けている。がらり、居酒屋の引き戸を開けてはみたものの、暖簾《のれん》から顔だけ突っこんでいかにも不安げに店内をうかがってしまう。居合わせたお客もぐるりと首を回して見合う恰好になり、たがいに固まって気まずい。

さあ、そこでマナーの出番です。扉に手をかけた段階ですでに流れはできているのだから、逡巡はむだというもの。逃げ帰るのも後味がわるい。ここは、目の前の流れに乗ってずいっと進みましょう。あてがはずれても、狙いどころを間違えたのはこっちなのだ、臥薪嘗胆《がしんしょうたん》。

悠然とビール一本注文し、はぐれた気分をしみじみ味わうくらいの度量があれば、この先の人生らくになること、うけあい。

ところで、わたしが一見の客という実体に初めて遭遇したのは三十年ちかく前だ。とあるカウンター六席だけのちいさなバーで飲んでいると、ぎいっと扉が半分開いて男が頭だけ亀のように差し入れた。ろれつの回らない口調で「空いてるかな」。すると、店主はおだやかに答えた。

「すみません、この通り今日は予約で満席なんです」

見ると、残り五つの空席ぜんぶに箸が調えられている。あっさり男の頭が引っこんで扉が閉まると、怪訝な顔をしているわたしに店主は言ったものである。

「避けたいなと思う一見のお客さんを断るには、これがいちばん穏便なんです」

なんと礼儀を押さえた、波風のたたない、しかしそら恐ろしいマナーだろう。小娘のわたしは世間の厳しさに震え上がり、「一見さん」のぶんざいを思い知ったのだった。

さて、一見の客としてもっとも緊張感が走る場所のひとつは、床屋や美容院ではないだろうか。なにしろ見知らぬ同士が出会い頭の真剣勝負。わたしの知り合いに、あてずっぽうで入った旅先の床屋で「すっきり切ってくれ」とまかせたら角刈りになって泣き帰った男がいる。

温泉のマナー

赤瀬川原平

日本は温泉大国だ。いやヨーロッパでも温泉の湧き出る国はいろいろあるが、あちらの場合は温泉の薬用の方に主眼が置かれていて、裸で入浴する文化というところには至っていない。

薬用と文化は少し違う。温泉文化とは何かというと、そのお湯に身を浸しながら「あ……う……うぅ……おおお……」と唸ることだ。つまり薬用を考えるより前に、そのお湯の気持ちよさに感応する。

そういうことでは温泉より前、日本には銭湯文化というものがあった。いや温泉は銭湯より前、都市が出来る前から湧き出ていたわけだが、でも都市生活がはじまると、日常身近にあるのはまず銭湯だ。そこで銭湯のマナーというものが出来て、その素っ裸での入浴マナーがそのまま温泉まで連なっていくわけである。

銭湯でのマナーとは、素っ裸で丸見えとなった局部を、手にしたタオルで何気なく覆い隠すことで、この何気なくというのが難しい。あまりしっかり隠すのは変だし、といってまったく隠さないのでは礼儀を失する。

西洋のヌーディストクラブというのは頭で考えた自由社会だけど、銭湯というのはふつうの社会生活が、そのまま少しずつ公衆浴場の中まで伸びていったものなのだ。だから裸ではあるけど、涼み台のある路上空間と、ある意味変わらない。そんな日常生活の流れに沿って自然に生まれたマナーというのが、何気なく局部を覆い隠したタオルに潜んでいるのだ。ちょっと回りくどくなったが、たまに銭湯に入ってくる外国人（とくに西洋の）にはそのニュアンスがゼロで、タオルと石鹸類は手にしていても、局部はそのままばらりとむき出しなので、こちらがむしろハッとしたものである。

それから女湯の場合、局部よりもむしろ胸を隠すという話を聞いたが、女湯の事情はよくわからない。

最近は日本の若い人も温泉などで裸になりにくく、水着姿で入る人もいるそうだ。近年は町に銭湯が激減したこともあり、タオルで何気なく局部を覆うという微妙なマナーも、ほとんど消えかけている。

かつては家を建てても風呂は造らず、日々町の銭湯に通っていた。空間はどーんと広く快適だし、それに近所の人と交流ができる。だから新築した自宅に内湯を造ると、あの人は付き合いがわるい、とまで思われていたそうだ。

とはいえ世の中はがらりと変わり、町に銭湯はなくなってきた。手にしたタオルで何気なく覆い隠すという微妙さが消えるとしたら残念だが、でも温泉はある。日本人は温泉が好きだ。若い人も温泉に水着で入ったりせずに、温泉にはちゃんと裸で入り、その際タオルでの微妙さをぜひとも学んで欲しい。

まんが喫茶のマナー

穂村弘

まんが喫茶ではまんがが読み放題だ。さらにドリンクが飲み放題、携帯電話が充電し放題、テレビやDVDが見放題、インターネットやシャワーが使い放題。私は王様のようだ。ただし、同等の権力をもった王たちが狭い空間にぎっしりと生息している。しかもひとりひとりの城であるブースは、薄い壁で仕切られているに過ぎない。

プライバシーや環境の保守は暗黙の合意によるところが大きく、物理的にはほぼ無力な襖《ふすま》や障子《しょうじ》で仕切られているだけのかつての日本家屋を思わせる。

そんなまんが喫茶におけるマナーのうち、最大の要素は「音」だ。

なかでも問題は携帯電話。「通話は店外で」というのが建前だが、狭い城から這《は》い出して、迷路のように曲がりくねった細い道を抜けて、わざわざ外に出ていくのは大変だ。焦って飛び出すと、自分の城がどこだったか、わからなくなることもある。

そのために実際には店内のそこここから会話がきこえてくる。それらを耳にして感じるのは、通話の主が堂々と喋《しゃべ》っているとむかつき、声をひそめていると、それほどでもないということだ。

これは現実的な声の大小の問題ではない。つまり、喋っている本人が自分の行為を気にしているかどうか、申し訳なく思っているかどうか、が重要なのだ。ごめんと思っていることが伝われば、まあ、しょうがないな、という気持ちになる。

ただし、電話以外の「音」についてはまた事情が異なる。例えば、まんがを読みながら思わず吹き出す人がいるのだが、大声で笑われるのはもちろん困る。しかし、通話とちがって本人がそれを気にしていればいいというものでもない。必死に笑いを押し殺そうとするあまり意味不明な「音」を出す人がいるのだ。

突然「ぷしッぷしッぷしッぷしッ」的な破裂音が隣からきこえてくると、ぎょっとする。本人がこらえようとすればするほど「音」の正体は謎めいて怖ろしい。また、ほとんど無音のまま、いきなり壁だけががたがたと揺れ出すケースもある。

こちらはじっと息を殺して様子を窺《うかが》う。やがて「ああ、笑ってるのか」とわかると、ほっとする。発作とかテロとか心霊現象とか脱皮じゃなくてよかった。まんが喫茶の王様は限りなく無力。壁越しに何か投げ込まれたら、もう逃げ場がないのだ。

以上の観点から、まんが喫茶における携帯通話はできれば店外で、無理なときもなるべく声をひそめよう。また笑いが我慢できないときは、まず自然に吹き出して人間の笑いであることをアピール、それから徐々に押し殺すようにしよう。

立ち読みのマナー

平松洋子

猛者はいるものだ。わたしは「ほう」と唸って、まじまじ眺めてしまいました。

書店で新刊本を買ってから近所の喫茶店で1時間半ほど読み、帰りに週刊誌を買い足しに寄ると……あれ？　さっき新刊コーナーで本を開いていた赤いシャツのおじさんが、おなじ場所、おなじ体勢。二宮金次郎になって一心不乱に本を読んでいるのです。手もとを覗くと、いましも後半に差しかかった模様。

「ぜんぶ読んでもらっちゃ困るわけよ」

書店員の友だちのセリフを思いだして、苦笑い。いやもうその通り。「立ち読み」とはいうけれど、それは「読書」ではない。わたしの場合の「立ち読み」は……とかんがえてみると、それは気になる本を買おうか買うまいか、判断するための確認作業だ。もちろん少しは読みます。でも、あくまでささっと。装丁、紙の手触り、文字の佇まい。一冊の本に託されている情報をキャッチする。つまり、本との相性を探っている。

しかし、猛者のみなさんはあちこちで意表を衝く行動を展開しているらしい。べつの書店で聞いた話はこうだ。

「おなじ時間に来て、おなじ本を読んでいく男性がいたんです。こそこそしているから気になって、帰ったあとの本を確かめてみると、毎日少しずつ栞《しおり》が移動している！」

観察すること1週間、ついに読了したと見えて、ぷっつりご来店なし。ちなみにその本は二谷友理恵著『愛される理由』（なつかしい）。ううむこの場合、猛者というより営業妨害。いじましさにおいても天下一品である。

さらに聞いてみると、書店の万引きによる被害は深刻のようである。1日2万円の被害額があれば、年間700万円におよぶ。営業どころか店の存続さえ揺るがせてしまう。万引きなどいうまでもないが、書店では「買ってこそ」である。どーんと扉を開けているウエルカムの気概に応えたい。

しかし、猛者はきょうも現れる。ついきのう目撃したのは、飲みかけのミネラルウオーターのボトルを平積みの本のうえに置いて雑誌を立ち読み中のお兄ちゃんだ。おいおい、こぼれたらどうする。底の輪ジミはだいじょうぶか。おそろしくて正視できませんでした。

「そんなので驚いてちゃカラダが持たない」と書店員の友だちが言う。通路に寝っ転がって漫画を読む子、本のあいだに嚙んだガム……けっきょくはお行儀の問題なんだけれどね、と深い嘆息。

書店と猛者との攻防戦は、聞くも涙、語るも涙である。

たとえば『愛される理由』対策。

「しゃくに障ったから、帰ったあと毎日栞を後ろに移動してました」

買い物のマナー

髙橋秀実

近所のスーパーで買い物をしている時、いつも決まって気に障《さわ》るのは中高年のおっさんたちの態度である。カートがぶつかっても謝らない。私が道を譲っても会釈もしない。レジの人が「お箸は何膳つけますか?」とたずねても、何やら不機嫌そうに小さく顎《あご》を振って拒絶する。店員にしても、おっさんの店員はどこかエラそうだ。例えば私がチーズを選んでいるのに、その横から手を伸ばしてきて商品整理を始めたりする。「顧客第一」などと謳《うた》っているが、客の私より商品管理こそがお客様のためです、と言い出しそうな勢いなのである。マナーがなっていない。

はっきり注意してやりたいところなのだが、かく言う私自身も中高年のおっさんである。もしかすると人から見れば私も同じことをしているかもしれないので、私は自戒を込めて、皆さんの邪魔にならないように振る舞っている。

人にぶつからないようになるべく内股で歩く。カートも進路変更がすみやかにできるように、押すのではなく、惰性をコントロールするように進む。大柄な私などは、ただ居るだけでもかなりのスペースを占拠してしまうので、脇を締めて身を細くする。商品を手にする時も、体の内側から腕を伸ばし、掌《てのひら》で優しく包む。女性っぽい所作になるが、人様の邪魔にならないように気配りをすると、おのずとそうなるのである。

そのせいかもしれないが、買い物をしている時は、なぜか女言葉を使いたくなる。値段の安い商品などを見ると、「安い」ではなく、

「安いわ」

と言いたい衝動に駆られるのである。我ながら少々気色悪いのだが、こう言ったほうが感情を的確に表現できるような気がするのだ。

なぜだろうか。あらためて調べてみると、実は「安いわ」の「わ」は一人称、つまり「私」を意味しているそうなのである。民俗学者の柳田國男によると、明治の頃に外国語の影響を受けて主語を文頭に置くことにこだわるがあまり、「わ」が一人称であることが忘れ去られてしまったらしい。

「安いわ」とは「安いと私は思う」の意。「安い」というと市場評価のようでエラそうだが、「安いわ」は個人的な価値判断で、こちらのほうが実際の購買につながる。経済を動かしているのも、おっさんたちの客観的な市場分析などではなく、「わ」による選択ではないだろうか。

心掛けが功を奏しているのか、このところ私は売り場にすっかり溶け込んでいるような気がしている。先日も私の目の前で、女性が大きな欠伸《あくび》をした。「最近、バストが縮《ちぢ》んだの」「私もよ」などと世間話を始める人たちもおり、要するに私はまったく眼中にないということで、それはそれで男としてはどこかさびしい。

相席のマナー

平松洋子

たとえば定食屋の昼どき。空いたテーブルがたくさんあるのにわざわざ相席に座らされると、さすがにむっとする。でも、混雑していたらよろこんで。ぎゃくに相席をさせない方針の店だったりすると、ひとりで一卓を占拠している状況が落ち着かなくて、だんだんいたたまれなくなる。

相席は社会の潤滑油、おとなの処世術である。袖擦り合うも他生の縁。知らない者どうし、臨機応変に場を優先させてしのぐ。ただし、おたがいの安心感は担保しておきたい。

とりあえず、相席のマナーその①はこれ。

「あやしい者ではありませんと、さりげなくアピール」

さすがにご安心くださいとも直接言えないから、相席になった瞬間、目礼をして親和の情を提示しておく。おたがいうなずき合ったりして、いっときの友好関係を成就させる。

しかし、世間は甘くはない。つい先日、香港行きの飛行機にひとりで乗ったときのことである。わたしの席は二人掛けの通路側、座るとき窓側の女性に会釈をして腰を下ろした。それぞれに新聞やら本やら読んでいると、トレイが配られて軽い食事の時間がはじまったわけだが、いやあどぎまぎしました。

隣席のひと（推定37歳）は、ひと口食べるたび、「きゃーおいしい！」という仕草をするのです。頬に手を当てて肩をすくめる、両腕を突っ張る……カワイィ方向でいちいち所信表明。とはいえ、こちらに反応を求めている様子でもない。ほっと安心しつつも、気になってしょうがない。

わたしはただちに相席のマナーその②を発動させた。

「相手に無用な関心を抱かない」

必死で自分に言い聞かせ、隣人の食事タイム終了を待ちわびたのだった。

さて、旅の道中、わたしは幾度となく「香港人は相席の達人」だと感じ入ることになった。なにしろ狭くて混雑のはげしい土地柄、お客がひしめく昼どきのお粥屋となれば、相席は常識である。「あそこに座れ」と指示されて丸テーブルに近づくと、先客は会社の同僚とおぼしき男女だ。

わたしが椅子に座ると、視線をすっと上げて会話を中断し、にっこり。しかし、つぎの瞬間なにごともなかったかのように自分たちの会話にもどる。そのあと視線を一切合わせない割りきりっぷり。じつにあっさりとしたものだ。なのに立ち去るとき、彼らはわたしに向かってにこっ。

わたしは「いないひと」じゃなかったんだな。黙殺されていたわけではなく、無関心を装う「礼儀」を受けていたのだと知って、ありがたみを覚えた。

ひとであって、ひとにあらず。相席するたび高度な処世術を試されている気分になる。

セールのマナー

楊逸

高く立てたコートの襟に思わず首を縮め込みたくなる寒さの中、「バーゲンセール」と書かれ、寒風に煽《あお》られて誘惑するようにうねるデパートの垂れ幕が目に入ると、こころはなぜかついつい つられて揺れ始める。

というのは、普段定価に消費税をプラスして売っているものが、バーゲンセールでなら、30%割引か半額で買える。さらに、○○均一という破格の下げ幅を期待できるワゴンセールもある。千円均一の商品をあされば、七千円という元の値札のついた品が出てきたり、一万円均一となると、元は五万円のものだって混ざっていたりすることも。

そんな安さに魅せられ、開店していち早く目当ての商品をゲットするために、夜中から列に並んで待つ者もいるというではないか。日本のテレビ番組で見るバーゲンセールのシーン——商品を争う女性達のパワフルなことといったら、この上ない迫力があって、いつも元気づけられるのだ。

先の年末に訪れたアメリカでは、クリスマスを過ぎた辺りから、ショッピングモールのどの店の窓も、セールを宣伝する紙で埋め尽くされていた。買う気はなかったが、30%や50%などの数字に引っ張られるようにして、店に入ってしまった。ふらふらと見て回るうちに、娘がいつの間にか若者向けのジーンズを手にしていた。——これ半額だよ。

精算のためレジに持っていくと、それを受け取った店員はレジに触れず、指を二本見せて言う。

——お客様、これ、二つ買えば、二つ目から半額になりますが、一つで良いんですか？

半額とは、二つ目からの割引なのだ。ということは、ジーンズ一本だけなら割引なし。つまりわざわざバーゲンで買う意味がない。渋々ながら、同じジーンズをもう一本持ってきた。「二つ目から半額なんて、インチキじゃないか」と心の中で愚痴りながらも、ほかの店に入っていく。注意して見ればどの店の窓にもBuy one get one 50% offと書かれており、数字があまりにも大きくて目立ち過ぎるので、その間にある文字を見落としてしまったのだった。

そんなずるがしこい商法に引っかかり、娘に付き合った結果、ジーンズのほか、若者向けのブーツも買ってしまった。東京に戻ってきて、さっそく若い格好をして新年会へ行く。人に言われるまでもなく、妙にうきうきしてしまい、あたかもほんとに若返った気分だ。

貧乏ながらも安物よりは、良いものを安く買いたいという欲張りな願望を持っている。同じ物なら一つあれば充分だし、娘とペアルックなんて考えは、もってのほかだ。そのような「ささやかな消費者」である私には、やはり素直なワゴンセールの方が向いているかもしれない。

取り調べのマナー

赤瀬川原平

若いころは思いがけない人に出会うものだ。自分が20代の後半のころだ。正月気分もぼつぼつ終わる1月7日の朝、アパートの襖をトントンと叩く音がする。蒲団から起き上がって出ると、背広の男2人が立っていた。

知らない男だ。1人は温和な感じでにこにこしている。もう1人は痩せ形で眼鏡をかけて、きつい顔をしている。誰だろう。背広姿の知り合いなんてまずいない。

当時自分は売れない貧乏芸術家だったから、ひょっとして画商の……などと思ったところがじつにお目出度い。どなたですが、と訊いても、何もいわずににこにこしている。さすがに自分も、警察の人かな、と気がついた。

その前年、1000円札の印刷作品を作り、暮れごろ、印刷所に警察の人が来たらしいよと聞いていたが、こちらには何も悪意がなかったので、ぜんぜん気に留めていなかった。でもやっぱり来たのだ。じゃあとにかく起きますから、というと、いや寒いから、そのまま蒲団に入って、という。たしかに寒い。とはいえそれではやはりまずいだろう。ふつう、こんな場合、どうするのだろうか。と考えたが、答えは出てこない。まあ相手がそういうんだからと思い、こちらはまた蒲団に戻り、首だけ出して刑事2人の尋問にお答えした。もう50年ほども前のことだ。

最近は取り調べの可視化がいろいろいわれる。でも自分の場合、その取り調べの内容よりも、その6畳の部屋の中を、叶うことならいま可視化したい。部屋の中は青春の作品材料がみっしりで、畳は見えない。タイヤのチューブが山となって、それを縫い合わせる針と糸、セメダイン、卵の殻、壊れた時計、写真の切り抜き、そんな中に大きなパネルの1000円札拡大模写があった。

刑事はその作品を見て、何か納得の顔をしている。たぶんもうわかっていて、この場合は大きいパネルなので、法には抵触しないのだ。

映画などで見る刑事さんは、詰問役と宥《なだ》め役のコンビだが、自分の部屋に来たお2人も正にそうだった。でもこちらには何も、策略なんてないので、詰問役の出番はなかった。ただ押し入れ近くにあった大きなバッグの中を気にして、外から盛んに触って確かめている。その中にはカメラ用の三脚が入っている。ひょっとしてその感触から、銃身でもイメージしたのか。とにかく自分の役割を探しているようだった。

尋問はもっぱら温和な背広の方で、こちらは蒲団から首だけ出して、でも考えたら、この状態の方が逃亡の恐れがない、ということもあったのかもしれない。マナーの点では申し訳ない気もしたが、いまはただ思い出すだけである。

靴脱ぎのマナー

平松洋子

ふらふらぁと夏のおわりの蚊が飛んできて、左の肩にとまった。みるからに痩せ細っているのだが、必死で皮膚にしがみついて、ちくり。そこまで見届けてぱちんとやると、蚊はあえなくぽろっと落下し、皮膚にシミのような赤い点が残った。

なにかに似ていると思ったら、それはこどものころの予防注射の直後のようすで、なつかしい気分になった。そのとき、わたしはなんの脈絡もなく思ったのである。

「マナーのいい蚊じゃないか」

なつかしい記憶を掘り起こしてくれたから、「マナーのいい奴」。マナーというものは、ことほど左様にその場しだい、身勝手なところがある。

旅館や料理屋に上がるとき、戸惑うことがある。靴を脱いで、そのあとどうするか。ふり返って身をかがめ、靴を揃えるか。それとも——。

「どうぞそのままで」

店のひとが声をかけてくださることも多いのだが、それでも躊躇してしまう。下足番のひとがいるのに、自分の靴を揃えたい衝動に駆られるのだ。理由はただひとつ、公衆の面前で靴を脱ぎ散らかして平気な奴に思われたくないという見栄である。よけいなところで自己保身を発動してしまう自分に鼻白む。

なにしろ、靴は揃え直せと口を酸っぱくして責め立てられたのが小学生のときだった。廊下の先のトイレにいくと、トイレサンダルとでもいうのだろうか、底が厚い木のサンダルが何足も並んでおり、入り口で上ばきとはき代えることになっている。

上ばきの脱ぎかた、トイレサンダルの脱ぎかたにやたら執着する担任教師がいて（男の教師だった）、全部きちんと先を揃えて整列させろと主張し、生徒に遵守させた。靴屋の店先のようにぴたりと並んでいれば、帰りの会で「みんなよくできた」。じつに満足げなのだった。「しんけいしつ」という言葉をはじめて覚えたのも、あのころだったような気がする。

そんな記憶がへばりついているせいだろう。やらなくてもいいときまで靴の後始末をつけたくなって困る。だって、旅館や料理屋など、傍目には見栄えがよくない場合があるものだ。しゃがみこんで靴にもそもそ手をかけるより、さっと脱いで、そのままぱっと上がって、とっとと先へ進む。「あとのことはおまかせします」。お客の立場になったときは、脱いだ靴に気を取られないくらいのほうが、むしろスマート、お客としてのマナーに適っている。下足係のひとの仕事を奪わないという意味においても。

マナーというのはつくづく面妖《めんよう》だ。靴ひとつ、くるりと一八〇度、方向を変えなきゃならないのだから。

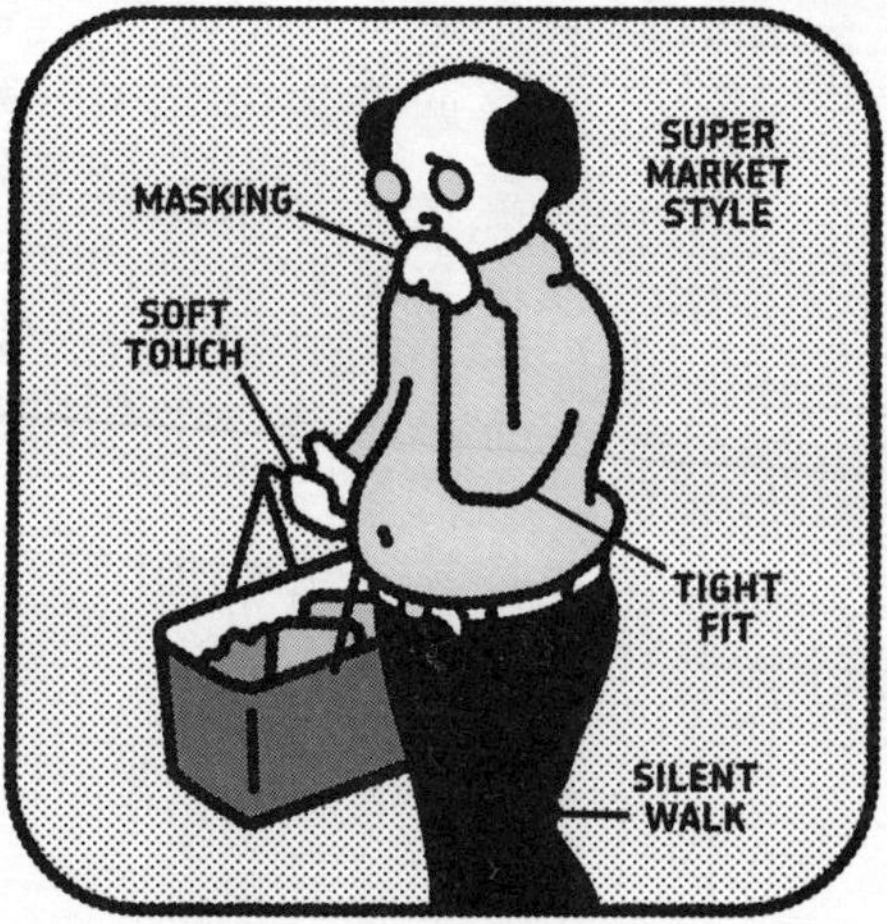
SUPER
MARKET
STYLE
MASKING
SOFT
TOUCH
TIGHT
FIT
SILENT
WALK

丸くおさめる
マナー

啓蒙のマナー

町田康

もはやそれは自明のこと。誰がどのように考えても当然の理《ことわり》、みたいなことを、人に説明しようとするのだが、相手の方が、その界隈の事情について正確な情報や知識を持っていないため理解できず、「じゃかあっしゃ」と怒ったり、ニヤニヤ笑いながら、「いっやー、どうかなー」と言うなどして、まったく聞き入れようとしない。

その場合、まず、こちらの言っていることは当然の理であり、それをおかしいと思うのは、そちらが正確な情報や知識を持っていないのでわからないだけ、つまり、こっちがわからんことを言っているからわからないのではなく、そっちがわからないからわからないのだ、ということをわかってもらわなければならない。

しかし、その際、「さっさと理解せぇ、頑民がっ」などと感情のままに言うのはやはりよろしくなく、そこはやはり相手の気持ちにも配慮しつつ、「ご理解を賜りたい」と言うのがマナーであると心得る。

というのは元々は代議士の方や官僚の方がよく口にされる言葉で、さすがは選良と呼ばれエリートと呼ばれる方々である。普通であれば、「増徴せんとやっていかれへんに決まってるやろ。理解せんかぁ、ボケ」と言いたくなる局面で、敬語を用いることによって国民の感情に配慮しつつ、反対するのは無知ゆえである、という意味合いはきっちりと残してある。

そして、最近では一般にもこのマナーにかなった言葉遣いが広く浸透しているというのは慶賀すべきことである。例えば、モノやサービスを売る側と買う側には商品について圧倒的な知識の差があり、客は時として無知ゆえの無茶を言ってくる場合があるが、そうした場合、いくら口調が丁寧でも、まるでアホにいうみたいに上から言われたら気分が悪いので、そこはやはり、「電化製品というものは電気代がかかることをご理解ください」と言う。

そして最近は先回りして事前にご理解を願っておく場合が増えたように思われるが、とてもよいことだと思う。なんでも先に理解、納得しておいてもらえば後々トラブルになることもない。曰《いわ》く。

「スタッフの指示に従っていただけない場合は退場をお願いすることがあることをご理解ください」

「断りなくプログラムの変更があるかもしれないことをご理解ください」

「むかついたら殴り掛かることをご理解のうえ、お申し込みください」

「突如として爆発し、大怪我を負ったり火災になったりする確率が高いことをご理解ください」

理解できるかあ。おまえが蒙《もう》じゃ、ど阿呆。

舞台のマナー

劇団ひとり

先月、珍しく舞台を立て続けに2本もやらせていただいたので、今回はそこで学んだ舞台のマナーを少々。

舞台なので台詞を覚えなくてはならないのだが、当然、稽古の初日から覚えてる演者などいるはずもなく、最初の頃は皆が台本を片手に演技をして、やっと台詞が頭に入ってきた頃に何も持たずに稽古をするようになる。

しかし、中には「ちっとも台詞が入らないや」などと言ってる側から台本を持たずに演じ、皆から白い目で見られる曲者もいる。やってることは中学生が期末試験前に「勉強してないよ」と一芝居打つのと変わらないが、なんせこちらは芝居を生業にしているプロ故、それを見抜くのは至難の業である。

出演者同士の差し入れにも気を使わなければならない。シュークリームからピザまでジャンルは問わないが、差し入れをする立場からすれば前日よりも盛り上げたいと思うのが普通であり、その結果、次第にエスカレートしていくのが常である。

先日、やらせてもらった舞台「テレビのなみだ」の稽古場でもこの『差し入れ戦争』が勃発。初日から「EXILEのHIROさん御用達のスイーツです」なんて洒落た差し入れを持って来られたので、こちらとしても黙っていられない。とてもギャラに見合う出費ではなかったが『タカノフルーツパーラー』で応戦。連日、争いが激化していく中、共演者の俳優・山崎樹範《しげのり》さんは「もう何を持ってくればいいのか分からない」と悩みに悩んだ挙句、玄米1と白米9の割合で作ったというコダワリの『手作り握り飯』で周囲を驚かせ、見事、この戦いの勝利を得た。

さて、いよいよ本番だが、外国の影響だろうか最近はスタンディングオベーションの文化が日本でも見受けられるようになった。終演後、鳴り止まない拍手の中、お客さんから総立ちで喝采を受けるというのは演者として何事にも代えられない喜びであるのは事実だが、問題は必ずしも「総立ち」にならないということ。

一人、二人と立ち上がっていく姿を舞台上から見て「おっ？　来るか⁉」と期待したところで、結局、立ったのはその二人だけで終わり。しかも、それが後列のお客さんであれば周囲が立ち上がっていないのを確認して、すぐに座ってくれるが、前列であると振り返らない限りそれが出来ない。

誰も立っていない客席でただ一人、最前列で満面の笑みを浮かべ立ち上がっているお客さんを舞台上から見るほど忍びないものはない。「頼む。そのまま振り返らずに座ってくれ」という願い虚しく、そのお客さんがふと振り返って自分一人だけだと気が付いた時の顔、そして引くに引けなくなって意地になって立ち続けている顔を僕は今でも時々思い出す。

スポーツクラブのマナー

平松洋子

さきごろ、10数年通ったスポーツクラブを辞めた。毎日歩く習慣が定着したので自分の脚2本で事足りるように思われ、めでたく独り立ち。もと水泳部員としてはプールに愛着があったが、最後の半年は月会費だけ奉納する「幽霊会員」だったじゃないか、と自分にダメ出しをして断念したわけである。ところが会員証を返したとき、押し寄せてきたのはこざっぱりとした爽快感だった。ああわたし、呪縛されていたのね。

ひとが集まれば、そこは世間の縮図または伏魔殿。スポーツクラブにもまた、表と裏のマナーが生息している。表は「トレーニングマシンを壊さない」「プールサイドで飲食をしない」など常識的なマナー。いっぽう裏のマナーとは、これです。「古株のお歴々のご機嫌を損ねない」

通って5年めあたり、遅まきながら気がついた。会員制や紹介制のクラブほど、ご常連の長老意識はつよい。プールで500メートルほど泳いだ後半、ペースが落ちて必死で端まで泳ぎ着いたら、隣で肩をとんとん叩くひとがある。

「へ？」

ゴーグルをつけたまま水中から間抜けな顔を出すと、たまに会うマスターズ連続出場歴を誇るおばさまが仁王立ち。

「おそい。さっさと泳がないとあとがつかえる。迷惑」
ぴしゃりと叱られて呆然。以来、長老さまに遭遇するたび、地雷を踏まないようスピードを上げざるを得ず疲労困憊。裏のマナーは水中歩行の専用コースでも健在だ。お局さまどうし井戸端会議をしながら横並びで行進なさるので、追い抜くときは気配を消してさりげなく。筋肉以上に神経をつかう。殿さまも多士済々。トレーニングマシンに没頭中の濃いオーラには圧倒されます。（そのマシン、そろそろ交代して使わせてほしいのですが）とお願いする気力も萎える。

サウナにも牢《ろう》名主さまがいらっしゃる。こちらが身分をわきまえて末席におとなしく座っていても、ここは密室。話の断定ぶり、常連の家庭状況まで把握ずみの調査力、お追従の会話術……ひたすらビビる。タオル一枚巻きつけた半裸も迫力満点。梶芽衣子主演「女囚さそり」シリーズなど思い出し、脂汗もいっしょに流れる。早々に退散しようと立ち上がると、じろりと視線を送られて軽くめまい。

長いものには巻かれろ。これが、10数年のスポーツクラブ通いから得たマナーの教訓のひとつなのだった。ふむふむやっぱりね。わたしは納得した。かの有名な「健全な精神は健全な肉体に宿る」、あのフレーズは超訳もいいところで、古代ローマ時代の風刺詩人ユウェナリスは、断言などしていない。ほんとうは「……だといいな」と書いているに過ぎないのだ。

タクシーのマナー

穂村弘

会社員時代、毎晩帰りが深夜になって、駅から自宅までタクシーに乗っていたことがある。そのとき、妙なことに気がついた。

「○○ハイツまでお願いします」と云うと運転手さんは無言。だが、「○○ハイツ」と云うと「はい」と返事が返ってくるのである。勿論必ずというわけではない。だが、確率的には明らかにその傾向があるのだった。

「○○ハイツ」って単語で云い放つのは偉そうで気が引ける。しかし、丁寧に「お願いします」をつけると返事をして貰《もら》えない。当然、こちらとしては前者でいきたくなる。

でも、なんだか、抵抗がある。それでは世界が悪い方に回ってしまうんじゃないか。実際には密室の、しかもふたりだけのやりとりに過ぎず、世界なんて殆ど関係ない筈《はず》なのに、なぜかそう感じるのだ。

世界の方向性を、人類の未来を、決める最初の一歩がここにある。そう思いながらも、無言の闇に吸い込まれる「お願いします」を貫く気力がもてず、結局、なかをとって「○○ハイツまで」と云うようになった。

こうした対人的なパワーバランスの奇妙さって、他の場面でもあると思う。相手に妙に下手に出られると、無意識に重心を合わせようとして（？）、こちらが偉そうにしないといけない気分になったり、それを踏み留《とど》まろうとして負けずに馬鹿丁寧になってしまったり、どうも困るのだ。特に恋愛のように継続的な関係の場合、このバランスの乱れに加速度がつくと、ややこしいことが起きるんじゃないか。

話をタクシーに戻すと、車内でどの程度まで自由に振る舞っていいのかも、わからなくなりやすい。自分は比較的良い子にしているつもりだったが、携帯電話を使うときには運転手さんに必ずひと声かける、というひとの話をきいて、そういうものか、と不安になった。

逆に映画やドラマなんかでは平気でタクシーの車内キスをしてるけど、あれは現実でもOKなんだろうか。以前、その話題になったとき、全然大丈夫というひとと、とても無理というひとにくっきりと分かれた。

でも、無理派のなかにもラブホテルの駐車場まで乗りつけるのはOKというひともいて、驚かされた。

そのひとの意見では、車内のキスはマナー違反だけど、ラブホテルは純粋に行き先の問題だからタクシーの利用法として正当だというのだ。確かに理屈は合っている。が、私にはやっぱりできない。いろいろな意味でめちゃめちゃ焦っていた或る若き日に、震える声で「東急文化村まで」と告げた記憶がある。それでぎりぎりだったのだ。

いいとものマナー

劇団ひとり

4ヶ月ほど前、お昼の顔『笑っていいとも!』が終了するというニュースに驚いた方も多かったであろう、僕もその一人である。

番組に参加させて貰うようになって7年。終わってしまうのは悲しいが、テレビの一時代を築いたその番組の最後に立ち会えるというのは光栄なことである。

年末に放送された恒例の『笑っていいとも特大号』ももちろんあれが最後になるのであろう。各曜日のレギュラーが狭いスタジオでバカ騒ぎしているあのお祭り感をもう味わえないのかと思うと寂しくて当然だが、その反面、ホッとした部分もある。ご覧になった方はお分かりだろうが、出演者達によるモノマネコーナーがあり、それが毎度毎度プレッシャーなのだ。僕は例年、色々な扮装をするも、結局は十八番《おはこ》のビートたけしさんのマネで事なきを得てきたのだが、今回は最後ということもあり、たけしさんを封印し『地獄のミサワ』というキャラクターで挑むことにした。しかし、その意気込みも虚しく事態は急転。リハーサルでスタッフを前に披露するも、普段は笑い過ぎるぐらいに笑うスタッフ陣がクスリともしない。そんなバカな。冷たい物が脇の下を伝った。

静まり返るそのスタジオに佇む僕はまさに『地獄のミサワ』であった。そんなわけで、本番2時間前、急遽たけしさんのモノマネを決意。結果、5年連続のたけしさんになってしまった。

その直後に催される忘年会でもこれまた気を抜けない。参加者、大凡《おおよそ》300人ほどの大規模な忘年会はホテルの会場で行われ、その最後のイベントとしてビンゴ大会がある。クジを引いて各自が持ち寄った景品を配るという至ってシンプルなゲームなのだが、この景品のチョイスに毎年頭を悩ます。自腹を切って出すからには場を盛り上げたいというのが当然である。

今回はそれなりに盛り上がったので美味い酒を飲めたが、3年ほど前、その年、広末涼子さんと結婚して話題になったキャンドル・ジュンさんのキャンドルを持って行き、これは間違いなく盛り上がるだろうと思っていたのだが、あろうことか爆笑問題の太田光さんも同じ景品だったという苦い経験がある。その事実を知った太田さんに呼び出され、本来なら年功序列で僕が先にやるはずだったのが「おまえ後回しな」と言われ、当然食い下がったのだが、あの人が聞き入れるはずがない。

結果、太田さんの景品が発表されて会場は大盛り上がり、しかも、太田さんが用意したのは大小を含め10本近くのキャンドルだったのに対し、僕が用意したのは小さなキャンドル1本のみ。僕の景品を発表したあの時のあの会場の空気を忘れない。忘れちゃいけない。心のキャンドルに点った弱く小さな灯りがスゥと音もなく消えていったのだった。

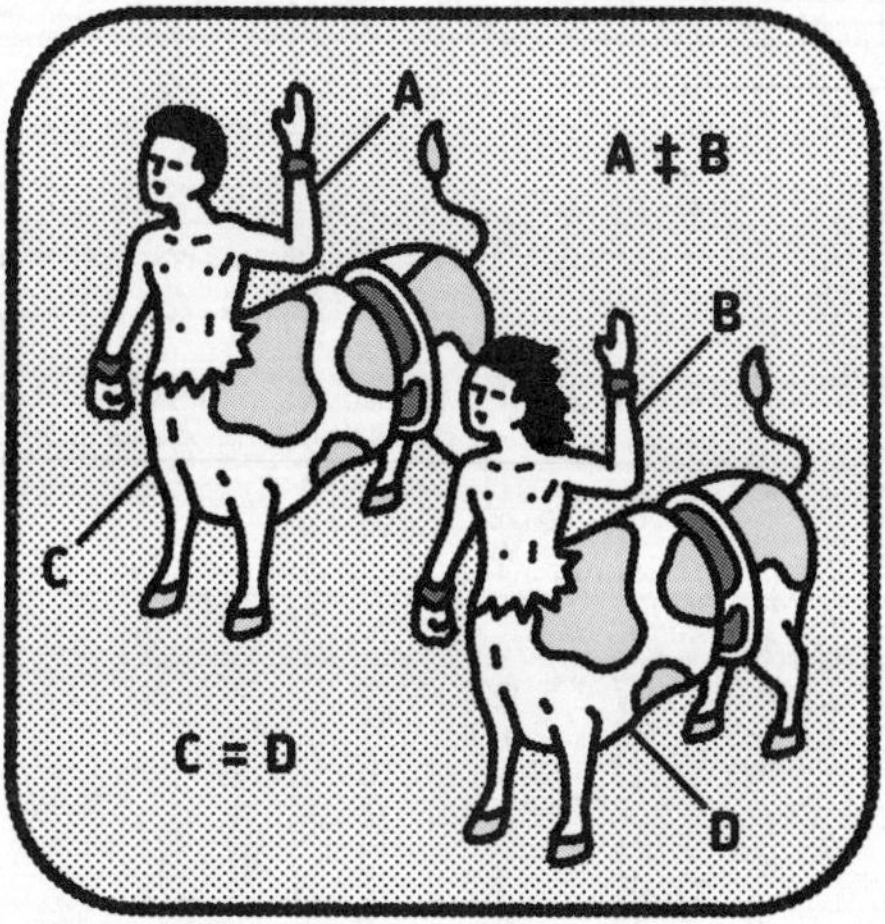

食は一大事
マナー

そうめんのマナー

三浦しをん

ああ、そうめん。すべるようにいくらでも胃に入っていく、悪魔的食べ物よ。

そうめんはおいしい。しかし、悩み深き食べ物でもある。第一に、「つゆをどうするか」問題。私は、油揚げやシイタケやナスなど、具をたくさん入れたつゆが好きだ。もちろん、シソ、ワケギ、ミョウガといった薬味もかける。だが、「具入りなど論外。つゆが濁る」と言うひともいて、決着はつかない。

第二に、「茹《ゆ》でたそうめんをどう盛りつけるか」問題。私はザルを使って流水にさらし、水気を切ったら、ザルごと食卓に置く。そして、ザルからめんを取って食べる。「それじゃ、めんがひからびるだろ」と思うかたもおられるだろうが、そうめんは悪魔的食べ物である。ひからびるまえにペロリと食べきってしまうので、大丈夫だ。

ところが、「氷水を張った器にめんを浮かべる」派もいれば、「器に盛ったうめんに氷をちらばす」派もいるようだ。小説の原稿がきっかけで、その事実を知った。

自作のなかで、「登場人物がザルからそうめんを食べる」というシーンを書いたところ(それが普通だと思いこんでいたからだ)、「うちでは、めんを水に浸《ひた》して食卓に出すのですが……」と編集者から連絡があったのだ。なんと風流な！　と驚き、編集部内でリサーチしてもらったら、「氷をちらばす派」や、「うちは流しそうめんのミニ機械があるんですよ派」

など、さまざまな流派があることが判明した。

流派統一は難しいので、自作の登場人物は結局、ザルからそうめんを食すことになった。

似たようなことは、雑煮にも言える。「関西は丸餅を焼かずに雑煮（の鍋）に入れ、関東は焼いた角餅を雑煮（の器）に入れる」。そう聞いたことがあったので、大阪を舞台にした小説を書いたとき、「餅を焼かずに雑煮の鍋に入れる」という描写をした。

するとまたもや編集者から、「編集部内の関西出身者にリサーチしたところ、『食べるぶんだけ雑煮を小鍋に移し、そこに餅を投入する』『大鍋に作った雑煮に、一回に食す数だけ餅を投入する』『俺は焼いた丸餅のほうが好きだから、焼いてから鍋に投入する』など、さまざまな意見が出ました。ちなみに私の父（江戸っ子）は、『焼いた角餅を鍋に投入し、原型を留めないほど煮こんで妻に叱られる』です」と連絡があった。どうしろと言うのだ！

みなさん、家庭内で好き勝手な食べかたを実践しすぎです。だからこそ食文化の多様性も生まれてくるのだと思うが、小説を書くときは収拾つかないので、もう細かな描写はやめにして、「そうめんを食べた」「雑煮を食べた」のみで済ませようかと思う。

大皿のマナー

平松洋子

某月某日

20人が料理屋の座敷に集い、仕事の打ち上げの会。4人にひとつ、刺し身の盛り合わせの大皿がでんと置かれる。隣の若い男性はまぐろ好きと見え、箸を伸ばすのはまぐろだけ。向かいの女性は白身が好物らしく、鯛《たい》と平目ばかり。ひと切れくらい恵んでもらいたかったが、あえなく敗北した。

某月某日

6人が家庭料理の店に集まる。大皿に揚げたてのでかい鶏の唐揚げが8個。かぶりつくと香ばしくて、たまらなくおいしい。残り2個の処遇に困惑したまま、一同ひそかに固まって、唐揚げ冷める。

某月某日

10人の中央にオムレツの大皿。待ってました！　とばかり隣のひとが定規で測ったみたいに正確に10等分して「ハイどうぞ」と。ありがたかったが、あまりに微量。なにもそこまで……。

——大皿を前にすると話は尽きないわけだが、それは、大皿に盛られたものは料理であって料理でないからだ。たっぷりと盛りこまれているもの、それは世間様。だから大皿が出てくると、事情はちょいと複雑になる。ちなみに、先の某月某日にひそむ世間様のルールは、それぞれ三つ。

「人前で自我を振り回すな」「数は等しく分配せよ」

「杓子定規《しゃくしじょうぎ》も困る」

重々わかっているが、しかし。こと大皿の前では破綻が起きる。飲み食いの場で目前に世間様の小宇宙が出現すると、うっかり地がでるんですね、おたがい。

もちろん大皿を出す側も立場はおなじである。某月某日、6人に8個の唐揚げを出したらケンカの種になるくらい、幼稚園で教わらなかったか。某月某日、新年会で集った料理屋で大皿に刺身の盛り合わせがでてきたのをよく見たら、ひと山がひとり分ずつ、あらかじめ盛り分けてあるではないですか。「お客によけいな気を使わせない」という気遣いである。手間がかかるだろうに、ありがたいことであった。

さて、思わぬ伏兵が箸の扱いである。つまり、逆さ箸。

取り箸が添えられていない場合は、とうぜん自分の箸をつかう。そのとき断固、箸を逆さにするひとは意外に多いのだが、あれはどうなのか。盛りこまれた漬物を相手に箸を逆さにしてアクロバットを演じているのを見ると、そこまで徹底しなくても？　と鼻白んでしまう。某月某日、隣のひとが大鉢のポテトサラダを箸を逆さにして取り分けたあと、わざわざハンカチを取り出して拭くのを見ながら、考えこんでしまいました。

大皿には地雷が潜んでいる。ただし、もっとも手っ取り早い地雷回避の最強手段はある。「臨機応変」。ようするに大皿に姿を変えた世間様に試されているのである。

ブレンドのマナー

高橋秀実

朝、目覚めると私はまずコーヒーを淹れる。一杯のコーヒーで一日をスタートさせているのだが、妻が紅茶好きなので、コーヒーを飲んだ後、紅茶を淹れる。コーヒーで目覚めて紅茶を淹れる。妙な兼ね合いで、そのせいか紅茶にはことさら神経を使う。

人気のテレビドラマ『相棒』の主人公のように高い所から湯を注ぐのはたやすい。問題は浸出時間で、これがよくわからないのだ。特にシーズン限定の「○○農園の○○」などというブランド品。注意書きには「2～3分」などとあるのだが、これでは1分間もの幅があり、2分きっかりで飲むのと、3分ちょうどで飲んだのでは味がまったく異なるのである。

そこで私は浸出の途中で味見をすることにした。ちょっとだけ試飲して、ちょうどよいと思ったところでカップに注ぐ。ところが試飲した後に注ぐと、そこにはやはり時間差があり、試飲時とは違って渋味が出たりする。ちょうどよくなる寸前に注いでみたりもしたのだが、そういう時に限って、試飲時と同じ味だったりする。察するに、紅茶には味のピークがあり、そのピーク時間が長いものもあれば、一瞬のものもある。いつまで待ってもピークがやってこないものもあり、しまいには湯が冷めてしまう。

そう考えると、紅茶はブレンドが一番である。様々な茶葉が混ざっているので、ピークもバラバラ。おかげで浸出時間が多少ズレても最大公約数な味が保証されるのだ。

ブランドよりブレンド。

ブレンドは生命力の源ともいえるだろう。例えば、雑草もそうである。雑草は同一種でも発芽時期がバラバラだそうで、だから生き延びているらしい。一斉に発芽するから一斉に刈られてしまうわけで、バラバラに出てくるものは除草も困難なのである。

人間も然り。誰もが父と母のブレンドで、父と母もその父母のブレンド。さらにはその父母もそのまた父母のブレンドという具合に、ほとんど無限大の父母のブレンドで、だから私たちは今日まで生き延びているのである。

最近は「○○県人」などと県民性をあげつらうことが流行っているそうだが、これも○○ブレンドと言い換えたほうがよいのではないだろうか。私も神奈川県人ではなく神奈川ブレンド。先祖を辿れば宮城と静岡のブレンドで、その先はどこだかよくわからない未知なるブレンド。自らの内に多くの人々がいると自覚することを「懐が深い」というのではないだろうか。

深い味わい。

そうつぶやきながら私は紅茶をいただく。香りに包まれてついついリラックスしてしまい、目覚めるためにもう一回コーヒーを淹れたりするので、スタートが午後になることも多い。

魚を食べるマナー

楊逸

朝食は自宅でお粥に鮭の塩焼き、昼食は仕事先の定食屋でサバの味噌煮ランチ、夕食は帰宅途中の立ち食い寿司屋に寄ってマグロ丼。——先週のある日にとった私の食事だ。日本人なら何の違和感もなく至って普通に感じる食事のパターンなのかもしれないが、私は不思議な気分のまま、家に帰りついた。

というのは、海に囲まれる日本では日常的に魚を食べられるが、私の故郷のハルビンのような、海から遠く離れた内陸の地では、一昔前まで魚は滅多に食べられなかった。とりわけ中国語の「魚」は「余裕」があるという意味の「余」と同じ発音で、縁起が頗《すこぶ》る良い。大事な宴会や祝い事の席では、欠かせないめでたい料理だ。

そのためか、魚を食べるときに限って、中国人はうるさくもなる。

マナーその一、正式な宴席の場合、必ず尾頭つきの「完璧」に調理した魚をきれいな大皿に載せて、メインディッシュとして出す。

マナーその二、テーブルに運んできたその魚の頭を必ず右の上座の主賓に向けておかなければならない。——魚の尾が向く方向は、つまりホストが座る席になる。

マナーその三、食べ方。主賓が箸で魚の頭を押さえると同時に、ホストは魚の尾を押さえる。同席者がそれぞれ魚の身を一箸ずつ取ったのを見届けてから、主賓は魚頭から一切れをもらい、ホストは、魚の尾の肉をさらっていく。

マナーその四、魚の表側の部分の身をきれいに食べたからと言って、決してひっくり返してはならない。「ひっくり返す」は中国語で「翻」と言い、「仲間割れ」という意味にも通ずるからだ。

しかし、魚の裏側の部分とはいえ、身が詰まっている。食べないというわけにもいかないだろう。この場合は、魚を一旦下げて、スープか何かに調理してから、再び宴席に出す。魚を食べるくらいで、こんなに注意しなければならないならば、いくら美味しい宴席でも逃げ出したくなってしまうのは私だけなのだろうか。

一方、魚を日常的に食べる日本も、マナーがやはり厳しいようだ。宴会は、中国のように大勢で一つの円卓を囲むスタイルではなく、畳の上に一人用の小卓を大きな四角になるように並べ、その前に参加者が座るという形式だ。尾頭つきの魚がもちろん出てくる。一人一匹なので、頭の向きという問題はないように見えて、実はいつも左向きに置かれる。食べる時も左から右方向で、正式な席ではやはりひっくり返してはならないという作法があるようだ。

元々箸使いが下手な私、慣れない魚を食べると、余計に不器用になり、むろんそんな繁雑なマナーを気にする余裕はない。先週も味噌煮に直に指を突っ込み、サバの骨を取ったりしたものだった。

食べることのマナー

津村記久子

メニューの誤表示問題がそこらじゅうで問題になったこの秋だった。社長さんがやめたり、賠償金を払うことになったりしていた。わたし自身が誤表示を体験しているか、これからそういうことはあるのかどうかということは別にして、テレビで見かけた、あるお肉の卸業者の人への取材の様子が興味深かった。

豚肉の話だった。産地の名前を、仮に「よみうり」と「津村」にする。よみうり産ポークという珍しいお肉の在庫がなくなったため、代替に津村産ポークというお肉を納入したのだが、それがメニューに反映されていなかった、という一件について、業者の人はぼそぼそと、「でも同じぐらいの値段で、同じぐらいの品質なんですけどねえ……」というようなことを言っていたのだった。だからいいじゃないかということにしてはもちろんだめなのだが、どうにも感慨深かった。

わたしが津村産をよみうり産と言われて食べたとして、「これよみうり産って書いてあるのに津村産じゃないの！」と怒るかどうかは大変あやしい。というかわたしは、長いメニューをちゃんと読まないので、この話に入る資格はそもそもないのだが。

日本人てほんとなんでも食べるなあ、と思ったのである。普段から、さまざまな店ができては潰れ、さまざまな食べ物が流行っては行列ができたり、スーパーの店頭から一瞬でなくなったりする様子を眺めながら、つくづく思っていたのだが、この騒動にも、そのこだわりは遠因としてあるのではないか。いや、べつになんでも食べたらいいと思う。純粋な感慨である。

ただ、よみうりポークと津村ポークの話は、「食べられること」の豊かさが、ある種の飽和状態に達したような印象を持った。だからみんなちゃんと食べ分けられるようになって、違ってたら目を三角にして怒れというのでもなく、「食べ分けられない」ことを、表示する側も、表示される側も、もう少しよく考えてみてもいいんじゃないかと思ったのだった。「今日はそれはありません」、と言ってはいけないと思い込んだり、思い込ませたりはしていないだろうかと思う。食品を出す側と消費する側は、なんだか、ぎくしゃくしている親子みたいだ。何を食べているのか、本当は誰もわからないかもしれない、という状況においては、食事は信用で成り立っている。

信用は、取り繕うことではなく、現状を認め、努力いたしましょうというところから始まるのではないか。だから、食事を提供してもらう側としては、あんまりおどかさずに、ないならないで仕方ないですね、と言えるようにはしておきたい、というのが、わたしなりのマナーである。いや、わたしはしょっちゅう「それは売り切れました」とはっきり言われるんですけど。

日本が宿る
マナー

お辞儀のマナー

楊逸

日本人ほど礼儀正しい人種は、ほかにいるだろうか。道を歩けば、別れを告げる正装姿の紳士とマダムが、向かい合ってしきりに腰を曲げ、頭を下げる。この場面は、もはや風景の一部になっている。

携帯電話が普及してからは一日何度となく、道端や駅、たまに電車の中でも、電話に耳をあて、「はい、はい」と、お辞儀をするという人と出会う。とりわけ飲食街を通りかかれば、客を乗せて走り出したタクシーの後ろで、深々と頭を下げるサービス業の人々をしょっちゅう見かけるのだ。

恭しくも美しいこの日本の礼儀作法は、一見簡単なように見えて、実際、外国人にはなかなかマネができないものである。以前中国語を教えていた時、「お辞儀一つ教えるのも大変な苦労だ」と、中国に進出したある日本の大手スーパーのビジネスマンがこぼしていたのを思い出す。

腰を曲げることにせよ、頭を下げることにせよ、肝心なのは、良い加減と適正な角度だという。中国の某航空会社では、客室乗務員のお辞儀の角度を事細かに決めているのだという。「いらっしゃいませ！」を言う時は、腰を十五度に曲げる。「ご搭乗、ありがとうございました」を言う時は、腰を三十度に曲げる。

乗客に謝るようなことがあると、腰を四十五度に曲げる。

これを知ってからというもの、乗り物に乗れば、乗務員のお辞儀が気になり、その角度を一々目測してしまう。結果、日本のお辞儀の角度は、乗り物ごとに異なるものだとなんとなくわかった。

最も優雅に感じるエレベーターガールのお辞儀は、大抵十五度以内でおさまる。控えめながら抑揚のある声で、次に着く階の案内をしながら、客の疲れを癒《いや》すように振舞う。

新幹線の車掌さんのそれは、二十度前後であろう。車両に入ってくるときと出ていく時に、「失礼します」と一礼——寝ている人を起こさないような低い声でいて丁重さを感じさせる。

そして飛行機の客室乗務員は、十度から三十度までを使い分けている。入口で乗客を送迎する際は、十度ほど軽く頷きながら、優しい声をかける。機内で乗客と言葉を交わす時は、三十度くらいのお辞儀に笑顔と丁寧さをプラスする。

日本人はなぜこんなにもきれいなお辞儀をするのか。中国で握手しながら挨拶するという環境に育った私は、そんな疑問に耽《ふけ》りながら、自宅マンションのエレベーターに乗り込む。「こんにちは！　何階ですか？」——同じマンションの主婦がお辞儀しながら微笑みかけてくれた。お辞儀は日本では職業的なものではなく、日常に欠かせない挨拶だからだと合点がいった。

横断のマナー

赤瀬川原平

日本人は規則をよく守る。バスを待つのにちゃんと列を作って、乱さない。中国人が観光で来るようになったとき、そのことに驚いたという話がよくあった。たしかに昔中国で、電車が来るとみんなしゃにむに力ずくで乗り込む姿をよく見かけた。いまは少し変わっているのかもしれないが。

日本人は信号もよく守る。もちろん車の場合、守らないと危ないのは当然だが、ちょっとした横断歩道でも、歩行者信号が赤の場合は車が来なくてもじっと待っている。

ヨーロッパなど外国では、車が来ないとわかれば、信号に関係なくどんどん渡っているらしい。ぼくも実質本位と考えるから、車が来ないとわかれば、よく確認した上ですっと渡る。

でもそれも時と場合によるもので、いつもそうするかというと、そう出来ない場合もある。大きな交差点ではもちろんちゃんと信号通りに渡るが、たとえば銀座を歩いていて、ちょっとした車道に歩行者用の信号がついている。でも車は来そうにないし、このくらいなら赤でも渡ってしまおうとするが、対する正面ではじっと「日本人」が青になるのを待っているのだ。こちら側と向こう側で合計10人ほどの「日本人」が、車は来ないのにじっと信号待ちをしている。その視線の中で、自分1人赤で渡るのは、ちょっと難しい。みんなどうしているのだろうか。

それとは違うことだが、やはり横断問題で不思議に感じたことがあった。

むかしドイツに旅行した帰り、乗り換えのフランクフルト空港で足留めをくった。天候の都合か何かで、大勢の人が空港のフロアに広がっている。長時間になり、みんな足を投げ出したり、バッグにもたれかかったり、南極のオットセイ状態である。

そこをちょっとトイレに行こうとかき分けて歩いた。人の間をかき分け、投げ出した足をちょっとまたいだりして、言葉はできないけれど、すみません、というつもりで片手を真っすぐ立てて、その手を少し動かしながら進むが、その「手」の表現にぜんぜん反応がない。

この人、何の真似だ、と変な顔で見られる。それでもトイレだなとわかるから、足をどけてはくれるが、その「すみません」の手ぶりに反応がないのは何故なんだ……。

その時突然、自分は仏教徒なんだと気がついた。自分などぜんぜん熱心な仏教徒ではないけれど、あの片手で表現する手振りは、片手拝みの形だった。手が何かでふさがれている時、両手の合掌はできないので片手拝みをする。みんな交差点で車を譲り合うとき、運転席からそうやってちょっとだけ挨拶している。みんなちょっとだけ仏教徒なのだった。

スリッパのマナー

楊逸

日本式家屋では、床と畳が椅子でありベッドでもある。常に清潔に保つために、玄関に入った後、すぐ靴を脱いでスリッパに履きかえなければならない。スリッパを履いて、板張りの廊下を通って和室に向かい、ふすまの前でスリッパを脱ぐ。畳の上では裸足か靴下を履いた足で入るのが常識なのだ。

畳に正座して暫《しばら》くお茶を飲んでいると、トイレに行きたくなる。ほんの少しの距離だが、やはりスリッパを履いて廊下を渡る。トイレのドアを開ければ、そこにトイレ専用スリッパが待ち構えているのだ。

廊下専用のスリッパをトイレ専用のスリッパに履き替える。――何のためなのかは、来日した当初から今日に至ってもなお理解できない作法ではあるが、でも一応従うように努めている。にもかかわらず、せっかちな私はトイレが終わる頃には、スリッパのことなどとっくに忘れて、廊下に出ても、床を見ることなく、いつもトイレのスリッパを履いたまま和室に戻ってしまう。

家によって、そのスリッパにトイレと大きな字が書かれていたりする。用件を済まし、暇《いとま》を告げて帰ろうと、和室から廊下に出ると、伸びた足の先は「トイレ」のスリッパのままだったとやっと気付く。

――うっかりしてトイレのスリッパを。

申し訳ない顔で家主に謝る。「いいのいいの。気にしないで」と気さくに言われたら、顔がもう真っ赤になってしまう。帰り際の挨拶なのに、なぜトイレのスリッパが主役になるのだろう、と。

日本人はスリッパにこだわっているようだ。ベランダや庭先専用ならまだしも、キッチン専用あるいは二階建ての家では、一階用と二階用に分けたり、極端なところでは、洗濯機の前にも専用のものを置いたりする。

想像するだけで躓《つまず》きそうになってしまうが、「スリッパ達人」の知り合いに訊くと、本当にコマメに使い分けしているのだという。

明治時代、そんな日本人のスリッパ文化を知らず、土足のまま、日本の畳の部屋で生活していた欧米人がいた。外国人の好んだ避暑地の日光でその姿を日本人が目撃し、ひどくショックを受けたと、本で読んだことがある。

中国もフローリング、椅子、ベッドといった欧米に近い生活スタイルである。玄関先で、家族の者なら必ずスリッパに履き替えるが、来客には靴を履き替えさせることが、相手によっては「汚いから迷惑がられている」という不快感を与える恐れもあるので、靴のままでいてもらうことも珍しくない。

とりわけ冬なら防寒靴の脱ぎ履きは大掛かりになる。スリッパに履き替えさせるよりは、むろん客が帰った後、床を拭きなおした方が楽だったりもする。そんな環境で育った私は、家にはいつも自分用のスリッパだけだ。

ラジオ体操のマナー

高橋秀実

今、ラジオ体操が大変なブームらしい。美容や健康に効果的だと説く本がベストセラーになり、多くの方々が体操に励んでいるそうで、それはそれで結構なことである。

しかし、以前取材で現在のラジオ体操の考案者である遠山喜一郎先生（１９３６年ベルリン五輪に体操選手として出場）から、「違う！」「基本がわかっていない！」などと叱られながらラジオ体操を教わった私としては、皆さんに是非その極意を知っていただきたい。ラジオ体操を、タダで簡単で効果バツグンなどという貧乏臭い考えで利用するのではなく、ラジオ体操自体を味わう、あるいは嗜《たしな》んでほしいのだ。

ラジオ体操は「背伸びの運動」から始まる。背筋を伸ばすための運動と考えられがちだが、そうではない。これは「欠伸」がモチーフになっている。朝起きて「あああ」と欠伸をするとおのずと背筋が伸びる。「伸ばす」のではなく「伸びる」。「伸ばす」というと伸ばそうとする気持ちと伸ばされる体が分離してしまうが、「伸びる」なら心身一体の動きとなるのである。伸びて上がった腕はおのずと落ちる。これも「腕を下げる」のではなく、落ちる。その落ちる勢いで手足の運動へ。そして手足の運動の落ちる勢いで腕回し、胸反らし、横曲げ……という具合に展開していく。つまりラジオ体操は重力を動力源として、すべてがつながっている「自然の流れ」なのだ。

そこで意識すべきは、

「間《ま》」

である。例えば手足の運動で、腕が上がる。上がる局面から落ちる局面に切り替わる時、一瞬、無重力のような状態になる。モノを上に投げると、上昇の果てに一瞬静止するのと同じことで、その無重力感を全身にひろげるようにして堪能するのだ。

大袈裟にいえば宇宙に放り出されるような気分。重力に逆らって宇宙に行くのではなく、重力を受け入れて重力から脱する。地球に生まれたからしょうがないとあきらめることで体感する宇宙だ。ラジオ体操は動きと動きの間に「間」があるというより、「間」と「間」を動きがつないでいるようなもので、この「間」こそが醍醐味なのである。

「人間は空白の『間』で安心するんだよ」

遠山先生はそう言っていた。効用《きょうりよう》ばかりを考えると「間」が抜ける。ぼんやりした人のことをよく「間抜け」というが、狭量な心こそ「間抜け」なのだと。そこで私がぼんやりと体操すると、今度は

「間延びするな！」

と注意されたのである。

大切なのはほどよい「間」。

おそらくこれは万事に通じることだろう。世界の人々にも知っていただきたく、私はラジオ体操を世界遺産に登録してほしいと願っている。

ブックカバーのマナー

楊逸

日本では本のサイズは大抵決まっている。単行本はB６判で、文庫本ならA６判という具合に。統一することによって、編集上に、様々な便宜が図れるだけでなく、本屋も種類ごとにエリアを決めて売ることができ、見た目も整然として美しいし、本を楽に見つけられる。一方、本をたくさん持っている人間にとっても、サイズに合わせて本の棚を調整し、合理的かつ場所の無駄をなくして本をまとめ、使う時にいつでもすっと出せる。

サイズが決まっているというだけでこんなに便利になるものかと驚くのはまだ早い。日本の本にまつわる習慣で何より嬉しいのは、おそらくブックカバーをつけることなのではないかと私は思うのだ。

本屋にとっても（宣伝になる）。読者にとっても（何を読んでいるのかを他者にわからなくする）。このありがたいサービスは、私がこれまで訪れたことのある国の中で、日本以外で見られなかった。中国人も本を大事にする民族だが、でも本にカバーをつけるのはなぜか、もっぱら個人でする行為である。使わなくなった固めの紙（カレンダーのような）を切ってオリジナルのカバーを作るのが一般的だが、ない時に薄めの新聞紙や包装紙も使ったりする。その上に太いペンで書名を書くので、不便を感じることもほとんどない。

だいぶ前になるが、一時期この日本のブックカバー文化にはまったことがあった。「カバーをお付けしますか？」――本を持ってレジに行くと、店員さんが値段を唱えた後に、必ず訊ねる一言である。「はい」と答えれば、何冊があろうと、どんな種類の本であろうと素早い手つきで対応し、新書には新書判のカバーをかけ、文庫本にもその大きさにぴったりのものをつけてくれるのだ。

近所の本屋ばかりに通っていると、そのうち、本が一様に同じ色で同じデザイン、しかもその本屋の名前入りのカバーになってしまう。できるだけ異なる本屋を利用するようにし始め、今度は本を買うよりはむしろカバーを集めるのが目的になり、本屋を通りかかると、一々確認して、その店のカバーを持っていないようだったら、たとえ本を買いたくなくても、中に入り、なんとか一冊を選んで買うのだった。

ある時、本棚から使いたい本を探す時に大変な苦労を喰らった。どの本もカバーに包まれ、タイトルが確認できない。本を次々と出し、また次々とカバーをはがす。まる一晩かかった大がかりな作業だった。大事に集めた本屋のブックカバーは、もちろん勢いで全部捨ててしまった。冷静になってからもったいないなと後悔はしたけれど。

その後様々のところで出会った土産物のブックカバーを各サイズ買い揃えた。今は読んでいる本しかカバーをつけていない。本を閉じるたび、お気に入りのカバーに目をやる。――至福という感覚を味わっている。

鑑賞のマナー

赤瀬川原平

東京の閑静な住宅地にある畠山記念館へ行ったときのことだ。

もう10年以上も前だから、こちらは還暦の前後だった。今回はこの年齢のことが重要となる。

当時日本美術史の山下裕二氏と「日本美術応援団」という対談シリーズを始めて、その最初のころだ。

この美術館にはそうとうな名品が所蔵されていて、山下氏は既に何度か訪れている。この日の取材が終わり、学芸員のAさんと雑談をしていた。話が墨の話に及んだのか、筆の話に及んだのか忘れたが、話題が本阿弥光悦の話になって、さらに俵屋宗達との共作の話になった。すると学芸員のAさんが、「見ますか」と軽くいって、古い巻物を持ってきた。そして目の前の作業台の上に、するすると転がすように広げた。

驚いた。宗達の下絵、光悦の書による「紙本金地銀泥四季草花図下絵和歌巻」の実物である。下地にたくさんの鶴が群れて飛び立つ様子が、金色と灰色の入り混じった筆先で描かれ、その上に光悦の伸び伸びとした文字が舞う。いつも印刷図版でしみじみと見ていたものだ。まさかそれが目の前に……。

ぼくは思わず身を乗り出しながら、つい右手で口を押さえていた。このところ歳のせいか、口の唾液の出し入れがゆるくなって、思わぬ時に唾が出る。この間などシェーバーで髭を剃りながら、どうも音がおかしい。切れ味も鈍っている。気がつくと涎《よだれ》が垂れて、シェーバーの網刃に入り込んでいたのだ。

いつもではないが、そういうことがいくつか重なり、だんだん器官が鈍ってきたなという自覚があった。だから突然の名品を前にして、思わず口を押さえたのだろう。

見ると同行の編集者は、ちゃんとハンケチを出して口もとを押さえている。そうか、本当はそうするのだ。あのポーズは恰好だけだと思っていたが、実質的なことなんだ。

ほっとした。宗達・光悦を敬う気持ちが、本能的にそのマナーをクリアしていた。なまじのものならこうならなかったと思うが、世の中に一つの、かけがえのない、しかもか弱い名品である。相手が油絵であれば、表面が丈夫だから、こういうことにはならない。でも日本画は紙で、それをしかも卓上に置いて上からとなると、物理的にも危ない。高齢者はとくに要注意。低齢者だって、胸ポケットの眼鏡や万年筆は要注意だ。

油絵は壁に掛けて見るから、涎の心配はまずない。そこをなおもハンケチを口に見ていたら、マナー過剰ということになる。

でも考えたら日本では、生活の中でもか弱い紙が使われている。障子や襖というものでプライバシーを囲っているのだから、力で破るのは簡単だ。そこをいつも暗黙のマナーで破らずにいるわけで、本来、日本のマナーの根は深い。

袋のマナー

楊逸

先日雨宿りで入ったデパートでまた衝動買いしてしまった。雨の中、荷物を持って帰らなければならない。ほかの国でそんな状況に遭ったら後悔するところだが、でもここは日本、人間が濡れることがあっても、売った商品が濡れるようなことは、デパートなら決して許さない。

見栄え良く包装した商品をきれいな紙袋に入れてから、更にビニールカバーをかける。もちろんただのビニールカバーではない。紙袋のサイズにぴったりで、持ちやすいように取っ手もちゃんと出せるようにデザインに工夫を凝らしたものだ。これは、世界一の気遣いを誇る日本人ならではのサービスなのだ。

今度はスーパーで買い物してみよう。菓子パン二つ、卵ワンパック、マグロの切り身と鳥のささみ肉それぞれ二つ、大根一本、洗剤二種類……。手当たり次第に物を入れて行くと、あっという間に買い物籠がまんぱいになった。レジに持ってゆき、精算する。

「袋、いりますか？」

「はい」

「食品と洗剤をお分けしますか？」

「はい」

「生ものは別にしますか?」

「はい」

「卵が割れやすいから、気をつけてくださいね」

「はい」

そんな親切に素っ気なく頷きながら、私の目玉が店員の素早い動きについて回る。

――商品のバーコードの部分を機械にあててから別の籠に並べ、汁漏れ防止にマグロや鳥肉などの生ものを薄いポリ袋に入れ、食品を籠の右側、洗剤類を左側にまとめ、卵を平らな肉のパックの上にそっと載せる。最後にレジ袋がすぐ使えるように、ぴったりにくっついた袋の口を少しだけ開けてから籠に入れる。至れり尽くせりというのはきっと、この客の「痒《かゆ》いところ」を狙った憎いほど嬉しいサービスを言うのだろう。

「倹約が美徳」と「貧しいほど光栄」という文革時代に生まれ育った私だが、ハルビンの実家は昔も今も、母の手作りのデッカイ布の「買い物袋」を使っている。何もエコ意識が高いからというわけではない。昔はレジ袋はなかったし、普及した今は、有料になっているからだ。

日本生活が長く、この「日本レベル」サービスに慣れて、帰国した時、「準備不足」のため、雨の日に買った洋服が濡れて色落ちしたことや、「油炸豆腐《ユウザ》(豆腐の油揚げ)」の油が染み出て、おみやげに買ったはがきセットをだめにしたことなど幾度もひどい目にあった。とりわけスーパーに行くたびレジ袋を買わされる。お陰で今は、日本を出ようとする時には着替えよりも先に、エコバッグやレジ袋、ポリ袋から用意するようになったのだ。

官と民のマナー

町田康

官と民がどこが違うかというと、やはり、明治以来の伝統で官といえば、お上、どことなく偉そうにしている。窓口に行っても、おおそれながら、と訴え出ているという感じがある。その一方で民はどうかというと、やはり構えがぜんぜん違っていて、交渉次第でどうとでもなる、っつう感じがある。

なんでそんなに違うのか。一言で言うと銭である。やはり、民はなんといっても銭を儲けなければならない。銭が儲かるのであれば形式や原理原則に拘《こだわ》らず、ベンチャラも言うし、適当なことも言う。ところが、官は銭を儲ける必要がないからそんなことをしないで原理原則を押し通すことができるのである。

そのこと自体に文句を言うつもりはない。そらそうだ、銭を儲けたくて商売をやっている奴に、おまえは自分さえ儲かればそれでいいのか、と詰め寄ったところで、「ああ、はい」と言われるだけだし、官が銭を優先してやるべきことをやらなかったら困る。

ただ、その衣服のマナーについて一言だけ言いたい。結論を先に言うと、やはり官は官らしい民は民らしい衣服を着て仕事をするのがマナーなのだが、現状ではそれがまったくなされていないのである。

例をあげるなら、例えばJRがそうで、JRというのは若い人は知らないかもしれないが昔は国鉄といって官であった。しかし、一九八七年に民営化されていまや民である。ところが新幹線とかに乗っていると、いかにも官っていう感じの制服制帽、釦《ぼたん》や肩章やモールやワッペンのいろいろついた衣服を着た人が切符を改めにきて、ちっとも民らしくない。そこはやはり民らしく、社名と社是を染め抜いたスタッフTシャツとか、或いは、伝統的な民の衣服、前垂れとか、或いは外国のお客様も意識して小粋な印半纏《ばんてん》、みたいにしてほしいと臣は愚考するのである。

その一方で官はどうかというと、区役所や税務署などで逆に前垂れではないがエプロンをしている者があるし、足元はサンダル履き、どうもズルズルして官らしい威厳を欠く。かと思えば過度にセクシーな衣服の女子職員もいる。しかし、そこはいかにも官といった感じの、省エネルックと国民服と軍服を足して二で割ったものに、爽やかなミントの香りを吹き付けたような、ちゃんとしています、という印象の衣服を着用して事に臨むのが官のマナーであろう。というと、それのどこがちゃんとしているのだ、という反論もあろうかと思うが、そういう批判すらも、規定の用紙に記入しないと受け付けない、といったような、そんな印象を与える衣服が官には必要だと平民無職業の拙は愚考するのである。

エスカレーターのマナー

鷲田清一

東京は左、大阪は右。これ、駅のエスカレーターで立つべき位置である。急ぐ人は、東京では右、大阪では左を駆け上がる。

ややこしいのは新幹線の新大阪駅。東京からやってくる人と大阪に帰ってきた人がまぜこぜになるので、なんとなく多数派に従うことになる。

もっとややこしいのは、週末のJR京都駅。じつは京都では、おなじ「上方」でも大阪とは違い、左に立つのが正しい。京都駅では、京都人のほかに、東方から来た観光客と、週末に京都で遊ぶ大阪人とが入り交じり、左や右や、ややこしいことこのうえない。

左と右、いったいどちらが正しいのか。「風」が違うとしたところで、京都が左である以上、東が左、西が右とは言えない。いや、そもそも左か右、どちらが理に適っているかなど、だれかが決しうるものではない。

さんざ頭をひねった。考えに考えた。その結果見つけたのは、こういう理屈である。

そもそもエスカレーターは何のために設置されたのか。じっとしているだけで勝手に昇れるようにか、それとも、歩くより速く昇れるようにか。

東京と京都の人は、自分で歩かなくても勝手に自分を上に運んでくれる装置としてエスカレーターをとらえるから、「普通」は左側に位置し、急いでエスカレーターを駆け上る人は

「異例」として右側にくる。急ぐ人に道を空けてあげるのである。大阪の人は、より速く駆け上るための装置としてエスカレーターをとらえるから、左が「普通」で、じっと立っていたい「異例」の者は右に寄る。わざわざじっとしていたい人のために右側を空けておいてあげるのである。

いずれも「正しい者が左にくる」という点で変わりはない。何を正しいと考えるかで、違いが生まれるにすぎない。

少しでも速く歩こうと「動く歩道」を考えだしたのも、「信号待ち、あと何秒」を横断歩道に表示することを思いついたのも、さらには短い昼休み、主食のうどんとおかずの油揚げを一息に食べるために「きつねうどん」を考案したのも、大阪人。無駄を省くというのが、大阪人の「普通」、つまりは行動の基準であるらしい。

ここで大阪人の名誉のために言っておけば、大阪人は無駄金、死に金を使うことを嫌うが、ここというところでは、つまり町にとってほんとうに大事なことには、金を惜しまない。古くは橋や水路、近くは公会堂や図書館など、大阪の公共施設の多くが民間の寄付で造られてきたことを忘れてはならない。じつに気前がいいのだ。

「ひとってみんな、正しいと思ってることが違うんですね」。これ、大阪での延べ数千人のボランティアによる大事業のあと、参加した一人の女子高校生がしみじみとわたしに語ってくれた言葉である。

返信用のマナー

楊逸

・××年××月××日、××マンションで××工事を行います。指定した用紙にご都合の良い日を記入し、××日までに返信用の封筒で返信してください。

・〇〇大学の同窓生の皆さま、下記の日程で同窓会を開催いたします。参加するか否かを返信用のハガキにご記入の上、返信してください。

このような手紙やハガキが届くと、日本人の多くは、多分手紙の指示通りに、必要事項を記入し、返信用の封筒ないしハガキに自分の住所や名前を書き入れて、既に印字されてある返信先の宛名に続く「行」という字を、二重の線で消し、その横に丁寧な字で「御中」もしくは「様」と書き直してから、やっと郵便に出すだろう。

返信用封筒やハガキあるいは往復ハガキという類は、私にとって、やはり日本に来てから接し始めた文化である。一九八七年までの中国では、何事も一方的な命令という形式で進められていた。会社の行事なら、社内放送あるいはメインの入口の横に設けられた黒板に、「今週の木曜日、一階の大会堂で××大会があり、全員参加せよ」という命令口調で知らせる。

住んでいるところの町内行事なら、町の世話役にあたる町内工作のおばさんが、住民の家を一軒一軒回って、世間話をするついでに伝える。同窓会のような公的行事に入らない集まりなら、更に簡単になる。幹事の数人がそれぞれ仕事時間に勤め先の電話を使って、「おい、あさって、××で集まるんだ。絶対に来いよ」。

もちろん電話を持っていないものもいる。その場合、仕事の帰りにアポなしでその人の自宅なり勤め先なりを訪ねるのだ。少々杜撰《ずさん》なイメージを受けるかもしれないが、お金を節約できる上、相手の耳に生の声で言葉を吹き込むので、案外温かみを帯びていて友情が生まれやすい。

余談から日本の返信用○○にもどろう。返信用なのだから、大抵必要な文面が同封されている。そこに○か×をつけさえすれば良い、と思ったら飛んだ勘違いになる。たとえ三、四字の間でも仕掛けを設け、返信する者の教養を試そうとする。

前述の「行」を二重線で消すのも、その一例だ。ほかによくあるのは、「御出席」と「御欠席」の二者択一という簡単な作業だが、しかし「御出席」に素直に○をしたら、教養のないことがばればれになる。何せ尊敬語とか謙譲語とかが絡んでいるのだから、ここも「御」という字を二重線で消し、「出席」のみ○をするのが正しい作法だという。

一秒もかからないことだが、わたしはなぜかやり終えるといつもどっと疲れてしまう。素直な人間はこういう何気ない教養テストに弱いのだ。

乗り乗り
マナー

乗客観察のマナー

津村記久子

　会社をやめてからは、週に二度ぐらいしか電車に乗らなくなってしまったのだが、未だにわたしは、電車をある種の特殊な場所としてとらえていて、家にいる時とも、外の道を歩いている時とも、外でお店にいる時とも違う気持ちで乗っている。

　どんな気持ちか。だいたい三種類ぐらいの気持ちが入り混じっている。一つ目は、まず安堵している。無事家を出られて目的地に向かっていることに。二つ目は、手持ち無沙汰でそわそわしている。家には山ほどの本や雑誌があって、テレビもある。でも電車に乗っているときのわたしのかばんには、よくても二冊ぐらいしか本がないし、あとはスマートフォンと音楽プレイヤーを持っているだけだ。どちらでも時間は潰れるけれども、数分後に飽きてしまう自分を心配して、どれにも手が出せない。

　なので、電車の車両内を見回すことになる。ここで三つめの気持ちが表れる。空間そのものの視聴者になったような気分である。なんだかいいように言っているが、この三つめの気持ちはすごく神経質で、偏狭な面を持っているので、自分でもちょっとなんとかならないかと思うことがある。わたしもイヤホンをして音楽を聴いていたりするので、そんなにマナーに優れたお客というわけではないのに。

　それにしても電車の車両内は、純粋な視聴に値する。電車は人間の情報の宝庫である。前に座った大学生ぐらいの男子のストールの巻き方を見て、自分もあっちの方がいいかも、と真似する。隣の男の人は、スマートフォンに凝ったカバーを付けて夢中で何事か打ち込んでいるが、指を上下左右に動かすフリック入力ではなく、キーを押して文字を決定するトグル入力である。世代的なものか。斜め前に座っているしゃんとしたおばあさんの様子はしっかり覚えておき、自分も彼女の年齢になったらそのように振舞おうと誓う。

そんなふうに、興味深い情報を摂取するだけならいいのだけれども、やはりたまに、マナーの悪い人を見かけると暗い気持ちになる。どうしてそこまで脚を開いて座ること、荷物で席を占領することが、わたしの中で悪徳になっているのか。それはもう、「十年以上の間、電車に毎日乗っていたから」としか言いようがない。

最近は逆に、人を見た時に「どんな電車の乗り方をするだろうか?」と考えるようになった。たとえば、昔の独裁者の肖像を見る。そして、この人のやったことはひどいけども、電車にはちゃんと乗る人かもしれない、と思ったら、ほんの少しましなほうへ自分の評価をずらす。わたしがその為政下にいたら、的外れな擁護をした挙句、ころっと騙されるような気がする。この偏った評価基準は、真似してはいけないマナーである。

駅名のマナー

楊逸

最近、東京の公共空間に立つ案内板で、日本語のほか、英語、中国語、韓国語など数ヵ国語の説明が添えられたものが目立つ。これと同様、駅やデパートなど観光客が多く利用する施設でのアナウンスも、外国語バージョンが増えているようだ。

中でも、気になって仕方ないのは、電車内で自動的に流れてくる駅案内――この電車は○○行きです、次は××です――の日本語に続く、「This train is bound for ○○, the next station is ××」という英語のアナウンスだ。

誤解されないように、まず私は、あまり英語がわからないことを断っておきたい。気になると言ったのは、上の英語フレーズに挟みこまれた日本の地名「○○」や「××」などの英語風のイントネーションについてである。

電車に乗るとき、座っているか否かにかかわらず、私は大抵の場合、目を瞑《つむ》ってウトウトし始めるのだが、そこで駅ごとに、せせらぎのような英語がネイティブのきれいな声にのって流れてくる。むろん意味がわからないこともあって、ほとんど気に留めることなく、過ぎていってしまいそうになる。だが、駅名を耳にした瞬間、なぜか引っかかって目が覚めてしまう。聞きなれた地名の余りの変わりようが笑えるほど面白く感じるからだ。

たとえば品川、――ＳＨＩＮＡＧＡＷＡ、四つの音節はすべて上がり調子の発音になる。

そして「ラ」行のつく駅名の場合だと、「r」のところは、必ず日本語にない巻き舌で仕上げられるのだ。成田エクスプレスなどに乗ろうものなら、「成田」は、「NARITA」で終始するので、まだ飛行機に乗る前なのに、すでに日本にいる心地がしなくなってしまう。

日本の地名がここまで完璧に英語に成りきれば、たしかにかっこいい。でも気持ちの中で、正直にちょっと気取りすぎに感じる部分もある。

北京の地下鉄の車内放送も、英語がついている。やはりネイティヴの方による放送のようで、発音がとにかく美しい。にもかかわらずなぜか地名の部分になると、急に生粋の北京風発音に変わり、「The next station is 前門」という字面の如きものになってしまう。そのぶっきらぼうなところは、あたかも平らな渡り廊下を歩いている途中、思わぬ段差が現れ、危うく踏み外しそうになったときの感覚に似ている。

人名や地名のような、他言語になっても、特徴が強く残る固有名詞は、文字にすれば文章に馴染むかもしれない。しかし、いざ声に出せば、その異質さが俄然、際立ってしまう。言語としての統一感を求めれば、文化としての違和感が残るし、文化としての違和感を避けるならば、言語の滑らかさを失ってしまう。そこが異文化の面白さなのかもしれない。

電車のマナー

穂村弘

電車の網棚に寝ている少年をみたことがある。どうやって登ったのか。ちょっと羨《うらや》ましかった。

座席に座って目を閉じていた会社員らしき男性が、突然足下の鞄を開けて、げろを吐いたこともあった。責任感が強いというべきか、自分のものなんだから当然というべきか、わからないけど、もしものために覚えておきたい手だと思った。

電車内の振る舞いについて、このように一生に一度級のマナー違反（後者は死守？）になると、不快というよりもただ凄《すご》いものをみた、と思って受け止めるのみである。

日常的によく遭遇して嫌な気分にさせられるのは、ヘッドホンからの音漏れ。気づいた瞬間に発信源から離れないと、徐々にダメージが溜《た》まる。目蓋《まぶた》はあるけど耳蓋はないから、携帯通話を始めとする音関係はやはり気になる。

また、時々あるのは座席の隣人が肩に凭《もた》れてくるケース。相手やこちらの気分にもよるけど苛《いら》立《だ》つことが多い。と、書きながら、思いついた例が聴覚と触覚に訴える行為であることに気づく。それらに比べて不潔さや過剰な香水などによる嗅覚面でのマナー違反は少ないし、味覚的なそれはさらにレア（いきなり口にフライドポテトを突っ込まれるとか？）だろう。

以上の観点から次のことが云えると思う。電車内で五感のうち四つ即《すなわ》ち聴覚、触覚、嗅覚、味覚を過度に刺激する行為は、その内容に拘《かか》わらず基本的にはすべてマナー違反である、と。ただし乗客同士の会話は平気なのに携帯通話に拒否感が起こるのは何故《なぜ》か、などの疑問は残る。

では、五感の最後の一つである視覚はどうか。見たくないものを見せられるケース。これが最も微妙だ。電車内の化粧なども該当するだろうか。しかし、何故それを見ることが不快なのか、自分でも今一つよくわからないのだ。

これに関連して、電車で本を読んでいる人と携帯電話の画面を眺めている人から受ける印象の違いも謎である。本の人にはプラスの感情を抱き、携帯電話の人にはニュートラルからマイナス寄りなのだ。どちらも黙って文字を読んでいるだけなのに、どうして差がつくんだろう。

強いて理由を考えれば、化粧や携帯画面の凝視が、現実的な欲望を感じさせることくらいだろうか。我々は他者の欲望を直視するのが嫌なのか。なるほどカップルのいちゃつきは見たくない。ただ、いずれの場合も「昔はなかった」こと自体が理由にはならないと思う。

読書以外に視覚的にプラス印象の車内行為はあるだろうか。私は時々「指回し健康法」をやっているのだが、マイナスだろうなあ。でも、ハンカチで隠してやったら、もっと不気味だ。

放送のマナー

楊逸

カナダで横断列車を乗り降りしながら旅行していると、言葉が不自由なだけに、緊張感が高まり、時間に神経質になってしまう。でもカナダは、駅も列車の中も、発着情報についての放送はほとんどない。一度、午後二時半発バンクーバー行きの列車に乗るため、一時間も前にジャスパーという駅へ行って待ったことがあった。トランクを預ける際、「列車が二時間遅れるので、四時までどこかをぶらぶらして来てください」と、駅員に囁《ささや》かれた。

――へえ、それ確かなの？

辺りを見れば、人がまばらな構内は、平和そのもの。焦る顔や怒る姿の人は一人もいないし、もちろんメガホンを手に、この大変な事態を知らせる責任者らしき人も見当たらなかった。信用して良いのか迷って、チケット売り場にいるもう一人の駅員に確かめることにした。その人も知らなかった。「ちょっと訊いてくるね」と言い残し、ついさっき対応してくれた荷物係に確認し、戻ってきて私に、「四時までどこかをぶらぶらしてください」とオウム返し。

放送も電子掲示板に流れるテロップもなく、信用するしかない。駅前商店街をぶらぶらして三時半に戻り、訊ねると列車が更に二時間、つまり遅れが計四時間になるという。待合室の椅子に腰かけて雑誌を読むことに。暫く経って、駅長らしき中年男性がそっと近づき、半ばしゃがむようにして、声をかけてくれた。――「列車が夜の八時まで来ないため、近くのホテルでフリーのディナーを食べてきてください」、と。

はっと気づいたら、客たちが駅長に渡されたであろう食事券を握って、外へ出ていこうとしているではないか。やはり放送も電子掲示板のテロップもなく、駅長が一人ひとりに声をかけ、説明していたのだった。

結局列車に乗れたのは真夜中の十二時半だった。待っていた十一時間で、放送はたったの一回、――「電車があと一分で駅に入ります」――そんな駅長さんのほっとした声に、乗客の間から拍手が湧き起こった。

この秋、日本は台風や豪雨の影響で、電車が遅れることが例年より多いように見受けられた。京急電鉄のトンネル事故の翌日、ちょうど同じ線に乗ることになった。お詫びとダイヤ変更情報は、地下鉄の駅でも電車の中でも繰り返し放送されていた。

――多大な迷惑をおかけして誠に申し訳ございません。

多大な迷惑とは、きっと電車が通常運行できないため、乗客に回り道をさせて、余計な時間をかけさせたことを指しているに違いない。

十一時間も待たされた経験をした者にとっては、そのくらい、もう何とも思わなくなった。

降りますのマナー

三浦しをん

床から足が浮くほどではないが、吊り革の数より人間の数のほうが圧倒的に多く、立ち位置を移動したいと思ってもなかなか困難である、という程度の満員電車。

こういうとき、必ずと言っていいほど出現するのが、「駅に着くまえから車内の人々をぐいぐい押し、降車に備えようとするひと」だ。ドアが開いたとたん、将棋倒しになったらどうするのだ。「降ります」の一言が、なぜ言えぬ。

もちろん、だれか一人の責任ではなく、「もうすぐ駅に着く」という期待（？）で、車内の内圧が高まってのことだろう。しかしなかには、明らかに意識的に押してくるひともいる。「私も降ります（から大丈夫ですよ）」と言っても、ぐいぐい押す。

せっかちすぎやしないか。自分だけ無事に降車できれば、ひとを押しのけてもかまわない、という思いが行動に表れているようで、腹が立つ。こっちもケツ圧には自信があるので、ホーム到着まで意地でも前進してやるもんかと反発する。「動かざること山の如し」の決意だ。

しかし、車内でこんな不毛なおしくらまんじゅうをつづけていては、人心《じんしん》が荒廃するばかりだ。どうすれば、「次の駅で降ります」「私もです」「私は三駅先で降りる予定ですが、次の駅で一度ホームへ降りて道を空ける所存です」と、スムーズに意思表示できるのか。

「降ります」と声を上げるのが恥ずかしい、というひともいるだろう。そこで考えたのが、

「笛を吹く」だ。

吹くと、巻き紙が「ピー」という音とともに、カメレオンの舌のようにのびる笛があるだろう。あれを、乗車時にあらかじめくわえておく。もしくは背広の胸ポケットなど、混雑した車内でも取りだしやすい場所にしまっておく。降りたい駅が近づいてきたら、顔をなるべく上方へ向け、「ピー」と吹き鳴らす。音だけでなく、カメレオンの舌状の紙がのびるので、「あのひと、降りたいんだな」と遠目からでもわかりやすい。カメレオンの舌が林立する車内。想像するだに、なかなか壮観だ。

カメレオンの舌笛（と勝手に命名した）を吹いてまで意思表示しているひとを、それでも押しのけるのは勇気がいるはずだ。だって、子どもが吹いて遊ぶおもちゃですよ。大の大人が、あえてそれを吹き鳴らして必死にアピールしているのですよ。よもや無下《むげ》にはすまい。

「そんなおもちゃの笛を吹くのは恥ずかしい」というかたもおられるだろう。大丈夫。みんなで吹けば怖くない。「あなた、お財布とカメレオンの舌笛を忘れてるわよ」と奥さんが駅まで泡食って追いかけてくるような、そんな世界の到来を待つ。

車のマナー

赤瀬川原平

わが家には車がなかった。今後も車を持つ予定はなかった。車はデザイン物件として好きだけど、東京にいて車を持っても宝の持ち腐れだ。電車かタクシーの方がよほど身軽で便利だ。周りの友人たちもほとんどそうだった。

ところが昨年の夏、妻がふと免許を取った。ふと、といっても大変だったようだが、この際取れる時に取っておいた方が、と思う年齢に達していたのだ。親の介護問題もあるし、夫だってもう油断のできない年齢だ。

その夫たる自分は、これは面白くなったと思った。車はカメラと同様好きだったし、それを持つという初体験は、やはり楽しい。

自分ではもう運転免許は諦めている。反射神経は鈍っているし、生来の優柔不断で、交差点に来てから「えーと、えーと……」となっては社会に迷惑をかける。

はじめはどうせぶつけるからと、中古の軽自動車にした。ダイハツのエッセで黄緑色。色は好みではなかったが、仙谷モト大臣みたいなオジサンのやっている中古屋さんにたまたまあった。

免許取り立ては、用事がなくても週に2、3回は乗らないと忘れるよ、と聞いたのもすぐ買った理由だ。だから暇を見つけてはちょっとした買い物に出かけたりしている。

自分はもちろん助手席だが、できるだけ運転席の気持ちで、バックミラーに注意し、曲がり角でのカーブミラーに注意し、子供やバイクの飛び出しに注意している。そうやって走っていると、車世界にも、規則の隙を縫ってマナーが満ちているんだなと思う。

信号の青は進め、赤は止まれだが、中間の黄色が微妙だ。優等生的にそこで止まると、周囲の車からちょっとした異議を感じる。交差点での状況判断で、黄色でもそのまま走って途中で赤になるくらいがマナーとしてあるらしい。それは交差点での流れを円滑にするために生まれたマナーだとわかる。たまに赤になってもぎりぎり飛ばしていく車もあって、あれはよくない。でも赤と青の間の黄色時間の自己判断で、交差点でのスムーズさが保たれているのは面白いことだ。

車間距離や停止時間にも微妙なマナーやメッセージが含まれている。こちらは若葉マークの軽だからどうしてものろいイメージがある。そうするとぴたっと後から押すようにくっついてくる車があって、あれは多少の意地悪やからかい気分が含まれているのだろう。かと思えば交差点でのスタートをほんのわずかずらすことで、お先にどーぞ、というメッセージが伝わってきたりする。

車は四角い金属の箱なのに、その金属越しに相手の表情やニュアンスが伝わってくるのは、考えたら不思議なことで、初体験の人間にはそこのところが面白い。

カーラジオのマナー

井上荒野

陸の孤島のような場所に住んでいるので、夫の車の助手席に座っていることが多い。買い物、都心へ出るとき、小旅行。たいていは、夫はカーラジオをかける。適当にチューニングして、好きな曲が流れてくればそこに合わせる。曲が終わりパーソナリティーが喋りはじめれば、漫然とそれも聴く。ときどき、つまらないことばかり喋る人がいる。

たとえば読者からのハガキを読んで、質問に答えたり、感想を言ったりするとき。私は、彼または彼女のコメントを聞いて、「何言ってんの?」と思う。思うだけじゃなくてときどき声に出してしまう。何言ってんの? 何の答えにもなってないよね。この人ばかじゃないの? そういうとき、夫が同意を示すとか、せめて笑い声を上げてくれれば良い。しかしたまに無反応なときがあり、これが困る。もしかして、面白いと思っているのか?

さらには音楽の問題もある。日本語の歌、とりわけフォークソングや演歌があぶない。私は職業柄、言葉の使いかたにはどうしても敏感になる。子供の頃や十代の頃、何の気なしに口ずさんでいた歌に、あらためてじっと耳を澄ますと、疑問点や矛盾点がふつふつと湧き上がってくる。

こういうときも、つい口に出してしまう。ねえねえこの二人って、なんで別れなきゃならないの？　貧乏だから？　でも、いきなり貧乏になったわけじゃないよね。最初は貧乏も楽しかったわけだよね。愛してた相手と別れなきゃならないような気持ちになる、最初のきっかけって、きっとものすごく小さいことだよね。無神経なひと言とか洗面所の使いかたが汚いとか、好き嫌いが多いとか？　なんだと思う？

私はもちろん、夫を責めたいわけではなく、心から答えが知りたくて聞くのだ。しかし夫の反応は、概してはかばかしくない。まあねえ、とか、そうねえ、とか。そのうち次の曲が流れてくると、それをハミングしてごまかしたり。

あるいは、好きな曲、という問題もある。私だって始終歌詞にツッコミを入れているわけではない。好きな曲が流れてくれば、それこそ一緒にハミングしたり、曲にまつわる記憶に思いをはせる。はっと気づくと、ずいぶん長い間しみじみしている。曲の間、自分が無言であったことが気になってくる。

この曲、知ってる？　ヒットしたとき、私は十九歳だったんだよね。それで、その程度のことを、夫に言う。いかにも半端だ。詳しく言うのに差し障りがあるなら、何も言わなければいいのに。結果、そのあと、さらなる気まずい沈黙を招くこともある。

ようするに、カーラジオは、黙って聞くがいいのだ。それがマナーだ。

キャンピングカーのマナー

劇団ひとり

キャンピングカーの車検が迫ってきた。しぶる妻を説得、ネットをくまなく検索、中古にて350万円で手に入れた夢も、早いもので手にして2年になる。今となっては我が家以上に我が家であり、ひとりで考え事をする時も、何も考えたくない時も、その小さな箱の中に身を潜めている。

別段、キャンピングカーだからといって特別な時間を過ごすわけではない。映画を観たり、仕事をしたり、現に今もこの原稿を車内で書いており、言ってみればただの書斎である。キャンピングカーという名前なのだから、当然キャンプをしたこともあるにはあるが、思いの外、楽しいものではなかった。

なんせ、やることがない。キャンプ場へ行っても、車内で寝食は済むので、テントを張るわけでもなければ火を起こす必要もなく、ただただ車を停めたらそれで終わり。外の景色以外は、東京の駐車場にいるのと変わりなく、無理矢理に外に出て火を起こしたり料理をしたり、率先して不便を経験するも、寒いわ、虫はいるわ、馬鹿らしくなって早々と車内へ戻った。

我々、タレント業は待ち時間が多く、映画やドラマの撮影になると平気で4、5時間も空いたりするので、その時間を有意義に使うためというのも購入理由の一つであった。しかし、これも思いの外、障害が多かった。まず何よりもの理由が『恥ずかしい』である。購入したての頃はそんなことなど微塵《みじん》も思わず意気揚々と現場に乗り付けていたものだが、大抵のスタッフが僕を見て笑う。石原軍団気取りか、とでも思っているのか、皆が手を叩いて笑うのだ。その内にそれがイヤになり、現場に乗っていく際もわざわざ少し離れた駐車場に停めてから歩いて行くようになった。

今年の夏には初の監督業をやらせてもらい、その際には長期の撮影であり、現場で脚本や絵コンテなどの作業をするのに重宝するのは分かっていたので乗っていこうと決めていた。しかし、初日になって躊躇する。芸歴でいえば20年になるが、映画の現場では新米である。そんなペーペーがいきなりキャンピングカーで現れるなど如何なものか。笑われるならまだいい、後ろ指さされるようなことになっては今後の撮影に影響するのではなかろうか。

少し様子を見てからにしようと、一週間ほど経って現場の雰囲気にもなれてきた頃、ついに一念発起して乗っていこうと思ったのだが、ひょっとしたら「ちっ。すっかり現場にも慣れた気分かよ」「まっ、所詮、タレント監督なんてお遊び気分なんでしょう」と陰口を叩かれかねない気がして断念。そんな躊躇が続き、ついには撮影が終了してしまい一度もキャンピングカーの登場はなかった。このままでは悔しいので、今後、チャンスがあればせめて編集所には乗り付けたいと思っている。

のどかに
生きるマナー

無趣味のマナー

高橋秀実

　ことさら自慢するようなことではないが、私は無趣味である。趣味を持たねばと、これまで「蕎麦打ち」「ヨガ」「鉄道」「ボウリング」、さらには様々なコレクションづくりなどを試してみたのだが、何ひとつ続かず、というか続けようという気がまったく起こらず、これはもう本物の無趣味だといえる。聞くところによると、定年を迎え「趣味がない」と不安に思う人も多いらしいが、無趣味でも大丈夫。無趣味な趣味というべきか。取り立てて何もせずとも趣味は持てるのではないか、と私は考えているのである。

　そもそも「趣味」とは、明治時代に英語を翻訳するために使われた言葉で、その元の英語とは「ｔａｓｔｅ」である。つまり「味わい」。何かに興じる「ｈｏｂｂｙ（娯楽）」と違って、味覚のようなものなのだ。

　当時の文献を読んでみると、早稲田大学創立者の大隈重信の趣味は「膝枕」だった。正確には「酔ふては枕す美人の膝」（『趣味』明治45年7月号　彩雲閣）。要するに、ほろ酔い気分で膝枕を味わうことも趣味なのである。

　実際、膝枕は味わい甲斐がある。あの弾力性とぬくもりは他では味わえない。夫婦であれば円満の証し。円満そのものを味わうようなもので、これは極上の趣味といってもよいだろう。

日常的なことでも、それを行為として吟味する。吟味のポイントを明確にすることが、すなわち趣味なのである。

例えば、「テレビを見る」。無趣味の人が日常的にやる行為で、読売新聞の『人生案内』などでも「ぐうたらな夫」の象徴としてよく非難されているが、あらためて考えてみると、私たちはただテレビを見ているわけではない。「テレビを眺めている」のである。川の流れを眺めるのと同じで、あえていうなら「ゆく川の流れは絶えずして、しかも、もとの水にあらず」。つまり、テレビを眺めながら世の無常を味わっているのだ。家事などもそうだろう。掃除は「捨てる」ことを味わい、洗濯物を干したり畳む際には隅を「揃える」ことを味わっていたりする。実は日常こそが趣味三昧なのだ。

そんなことはつまらない、と思われるかもしれないが、つまらなさを味わうのも趣味である。大体、いわゆる「趣味」に励んでいる人たちも楽しくてやっているわけではない。習い事にしてもできないことを味わっており、できてしまえば終わりである。ジョギングする人も苦しみを味わっている。何もせずにゴロゴロしていると、無為ゆえに生きていることそのものを味わえたりするのだ。

私はよく溜め息をつくが、これも退屈を味わう趣味である。「ふー」と息を吐いて、最後に「ふっ」と止めると、腹式呼吸にもなるわけで、これは健康法としても味わい深い。

散歩のマナー

津村記久子

普段使いのシティサイクル（要はママチャリ）を撤去されてしまったので、徒歩での移動を強化中である。強化といっても、電車などで移動した先では徒歩なわけだが、とにかく自宅周辺では、わたしはやたら自転車に乗っていた。もう、ほんのちょっと先のところにある、角のコンビニみたいなところにも、自転車で行っていたのだった。他の場所ではすごく歩くのに、どうして家の近くではそんなに自転車に依存してしまうのだろうか。理由は定かではないのだが、風景に飽きているということが考えられる。でも、「飽きた」ばっかりは言っていられないので、とにかく毎日、少し暗く、涼しくなってから歩きに出ている。

家から出るためのいくつかの用事を、一日ではすべてこなさず、少しずつ分けて外出のネタにするのが、個人的な散歩のマナーである。だいたいは食事の買い物なのだが、郵便物の投函や、足りなくなった日用品を安く買い足すために、少し遠いドラッグストアに行ったりする。以前は、自転車でなければ退屈で退屈で行けない、と思っていたような距離のある場所にも、今は歩いて行けるようになってきた。音楽を聴きながらだからかもしれない。好きな曲を聴きながら、ではなく、音源を持っているけれども聴いたことのない曲、聴いたはずなのだけれども記憶に残っていない曲を聴きながら歩く。音楽が好きだというわりに、聴きかけのまま放り出していたアルバムがたくさんあって、それに収録されていた曲が、毎日の徒歩移動のたびに消化されている。わたしは集中力がないので、よほど気に入ったものでない限り、音楽をアルバム単位で聴き通す自信がないのだけれども、歩きながらなら何枚でも聴けるな、という自信がついた。

恐れていた風景の退屈さも、今ではあまり気にならなくなってきている。だからといって、家の周りが大好きになった、ということはないのだけれども、少なくとも、ちょっとした暇潰しの想像は働く。家の近くには、ごく小さい、特色のない商店街があって、自分があまり電車に乗って遠出をしなくなった老人、または、行動範囲がまだ狭い子供だとしたら、どんな気持ちでその商店街を通るのだろうと考える。あまり詳しくは書けないが、たとえば、手芸店はあるけれども書店はない、お好み焼き屋はあるけれどもそば屋はない、和菓子屋はあるけれども喫茶店はない、というような、どこか気まぐれな店の並びをしている。遠くへ行かないわたしは、自分の生活を、その商店街に合わせて生きているのだろう。編み物をし、ときどきお好み焼き屋で晩ごはんを食べて、外出のたびに和菓子を買って帰る。徒歩で通り抜ける小さな商店街は、そこを歩くたび、その小ささの中に、もう一人の自分を発見するような気がする。

昼寝のマナー

井上荒野

　昼寝。

　自分がこれをするときにはあれほど気持ちがいいのに、自分が起きているときに、他人がしていると全然気持ちがよくないばかりか、大変に腹立たしいのはなぜだろう。

　とくに締切前にもかかわらず飲みに行ってしまい、飲み過ぎると明日仕事にならないから早く帰ろうと思いつつ気がつくと三時四時まで暴飲していた翌日、激しい二日酔いと眠気に襲われながら、でもここで昼寝しちゃうとぜったい締切に間に合わない、というような日の午後三時頃に、私の部屋の前をふらふらっと横切り、寝室へ向かう夫の姿を見ると、鍋を叩きながらベッドのまわりを走りまわりたい衝動に駆られるのはなぜだろう。

　そんな自分を、理不尽でエゴイスティックきわまりないと自覚しつつ、ある日私は夫に言い放ってしまった。ちょっとあなた、昼寝しすぎじゃない？　と。まあ、ほかにいろいろ溜まっていた怒りを放出した挙げ句の、付け足しのそれだったわけなので、夫は神妙に、「わかった、悪かった」と答えたのだった。

　それから間もなく、ちょっと見に来てほしいと言われたので、彼の部屋へ行くと、壁に、ほかのいろいろな私の怒りを受けての、彼の反省と決意とが箇条書きになって張りだされていて、その最後に「昼寝はがまんする」という一文があったのだった。

わかってくれてありがとう、と私は言った。べつに昼寝のことではなかったのだが、何しろ紙に書いてあるので、昼寝のことも含めて夫の決意を受け止めた格好になった。その日以来本当に、夫はゴミの日を覚えるようになったし、ゴミを出したあとちゃんとゴミ箱に新しいビニール袋をセットするようになったし、夕食の後、すぐに洗い物をしてくれるようになった（以上が私の怒りの原因だったわけで、こう書くと、私が夫をこき使っているように思われるかもしれないけれど、ゴミ出しと食器洗いとがうちでは彼の家事分担なのです）。そして彼はもちろん、昼寝をしなくなった。

私が困りはじめたのは、それから間もなくのことだった。

というのは、夫が昼寝をしてくれないと、自分も昼寝できないからだ。私は気づいた——今まで私は、昼寝している夫の横に滑り込むことで、自分に昼寝を許していたのだと。昼寝したくてもできないほど忙しいときはたしかにあるが、そうでないときには自分にとって昼寝はかけがえのないものであったのだと。

それで私は、ある日おずおずと、はにかみながら夫の部屋のドアを開けた。かるく昼寝でもどう？　と誘うために。そして見たのは、椅子に座ったまま口を開けてすやすやと眠りこけている夫の姿だったのだった。

刺繍のマナー

津村記久子

　手芸の本をたまに買うのが楽しみで、ぼんやりしている時は近くに置いてずっと眺めている。さかんに手仕事をするわけではなく、本をのろのろめくりながら、いろいろ考えるのが好きなのだ。これはできそうだなあ、これはわたしには無理そうだけど、こういうことができたらいいなあ、と泡のように思う時間は、一日の中でもっとも無害な、くつろいだ時間であると言える。料理の本も好きだ。ぜんぜん料理などしない小学生の頃から、お菓子の作り方の本を買ってもらってじっと見ていた。

　作り方の本を手に入れることには、ノウハウを購入するという意義もあるけれども、可能性を買う行為だとも言えると思う。道具を揃えるだけで満足、という気持ちにも似ている。なんだか悪いことのように言われたりする、そういった入り口で足踏みする行動なのだが、ひどい無駄遣いになっているのでない限りは、いいことではないかとわたしは思う。夢を買っているのと同じことだし、夢を見ている時間、人は穏やかに過ごせる。

　料理の本については、中に一つでも自分が作るものがあればその本は成功なのではないかと知人と話し合ったことがある。手芸の本も、おそらく同じだろう。しかしその、たった一つというハードルが、実は高い。選び抜いた作り方の一つが自分に合わなくて、失敗してしまうかもしれない。この失敗が、それを恐れる人には深い傷になる。わたしし自身がそうなのだった。今も、初めての料理を本を見ながらえっちらおっちら作る時は、ひどく緊張する。成功したらお祭だが、失敗したらがっかりする。先日も唐揚げをうまく揚げられなかったので、唐揚げ好きとして失敗を恥じたわたしは、日記に反省文を綴《つづ》っていた。あそこがだめだった、ああするべきだったのかもしれない。けれども不思議なもので、一度は落ち込むのだが、改善点を見つけると、それを試してみたくて仕方がなくなる。最近は、一年ほど逡巡したのち、やっと刺繡を始めたのだが、こちらも二回失敗して、本を何度も読み直した後にやり直すと、とにかく自分では満足のいくものができた。とても小さなことなのだが、本を読む時の夢が更に広がったような気がする。

失敗を恐れない、のではない。失敗は怖い。失敗は時間の無駄で、自分の能力とセンスの制限を突きつけてくる。けれども、不器用なわたしにとって失敗は避けられないものである。だったらいっそ、失敗も満足に至るマナーのうちの一つだと思えばいいんじゃないかと考えるようになった。レシピや作り方の「1」の前に「0」を作り、「まず失敗はあるもの」とする。そうしたら、料理や手仕事がぐっと近づいてきてくれたような気がする。

探し物のマナー

髙橋秀実

単なる整理下手だといわれればそれまでのことだが、私は毎日、ほとんど日課のように探し物をしている。

出かける時は携帯電話を探す。車を運転する際には眼鏡を探す。これらは探し物としては軽い部類で、厄介なのは原稿を書くために必要な資料、例えば新聞記事の切り抜きや本である。決まって〆切の当日になると「あっ○○がない」と気づき、部屋中を汗だくになって探し回る。毎日のように〆切があるのだが、それだけ探し物もあり、執筆より探し物に追われているようなのである。

どこにあるのか？　と冷静に捜索できればよいのかもしれないが、探し物には特有の気持ちが入る。

「おかしい」

と思うのである。確かに整理して保存してあったはずなのに、そこに「ない」。そこにないはずはないと一種の信念を抱いてしまうのだ。探せば探すほど、その信念は深まっていき、しまいにはそこに整理した時の自分の姿まで思い浮かぶ。それなのに「ない」ので、これは自分自身に対する信頼感の問題になる。俺は間違っていない。そう思いながら同じダンボール箱に何度も立ち戻り「見落としはないか」と隅々を掘り返す。結局見つからないので、自分は信じるに足りないと思い知らされ、しばし呆然としたりするのである。

失って初めてその有り難みを知るとよくいわれるように、物は探し物になると、存在感が大きくなっていく。それなしでは原稿のみならず何にも手につかなくなり、まさに寝食を忘れる勢いで探し続ける。そしてあきらめかける頃、ふとした拍子に意外な所から探し物は現われる。

「あった！」

私は小躍りして歓声を上げる。この探し物が見つかるという達成感は他では味わえない。原稿が仕上がるというのもひとつの達成かもしれないが、人々にどう読まれるのかといつまでも不安が残るので、永遠に未達成。しかし「ない」と思った物が「あった」というのはそれで完結している。ひとつのことを成し遂げたと言い切れることなのだ。

ところがその達成感は1分ほどしか持たず、あらためて見つかった資料を読んでみると、あまり大したものではなかったりする。思ったほど参考にもならず、では何のためにこれだけの時間を費やしてしまったのかと毎回反省するわけだが、考えるに私はただ探したいだけなのかもしれない。体を使って探すことで探究心を鼓舞する。いうなればエクササイズのようなもの。なくした物を探しているのではなく、探すために何かが「ない」ことにしているのではないだろうか。単なる逃避行動ともいえるが、きっとそのせいで日頃の整理整頓には身が入らないのである。

フリースのマナー

穂村弘

初めてフリースという服を着たのはいつだったろう。軽くて暖かくて驚いた。「カシミヤとかもう誰も着なくなるんじゃないか」と云って笑われた。カシミヤも軽くて暖かい。でもフリースは軽くて暖かくて安いから、そう思ったのだ。

そんなフリースにも欠点がひとつある。それは知らないうちになくなることだ。確かにあった筈のフリースがいつの間にか消えてしまう。

或る日、原因がわかった。妻が処分していたのである。「だって、ぼろぼろになってたから」。でも、他の服はいくらぼろぼろになっても勝手に処分したりしないのに、と怪訝《けげん》に思う。どうやら彼女は家からフリースを減らしたいらしいのだ。気づくのが遅かった。おそらくはその洒落《しゃれ》度の低さから、フリースは女性に人気がないようだ。

そういえば、いつだったか雑誌の対談のために指定の場所に行ったら、担当の編集さんが私の姿をみるなり、こう云った。「ああ、よかった。フリースじゃない。ほむらさん、ありがとう」。お礼を云われちゃったよ。フリースを着てないだけで。

「いくら僕でも女優さんと対談するのに、フリースでは来ませんよ」と云ったら、「でも、私と打ち合わせのときは、凄いのを着て来ましたよね。『裏』かと思った」と云われてしまった。

「いや、あれは駅前の喫茶店だったから」と言い訳すると、「そもそもフリースって部屋着でしょう？」と断言された。がーんとなる。フリースって部屋着なの？　あれで家の外に出ちゃいけなかったのか。知らなかった。

でも、と思う。お洒落な女性誌の若い編集さんにとってはそうかもしれないけど、実際にはもう少し個人差があるんじゃないか。お洒落じゃないおじさん（私のこと）なら、近所の床屋くらいは行ってもいいとか。あ、そう思うからお洒落じゃないのか。

また周囲の環境にも拠《よ》ると思う。フリースで家から出ちゃいけない町と駅までは行ってもいい町があるんじゃないか。ちなみに私は夜中に近所のコンビニでパジャマ姿の女の子をみかけたことがある。そんな町なら、「裏」みたいなぼろぼろのフリースでも駅までは行けると思うのだ。

そして駅まで行ったら電車に乗りたくなるのが人情だ。試してみる。乗れた。よし、次はどこまで行けるか挑戦だ。

その結果、中野までは全く緊張せずに行けることがわかった。次の停車駅は新宿。新宿かあ、ちょっと抵抗があるなあと思いつつ、試しに降りてみる。なんだ、平気じゃないか。新宿も我がフリースの関所には非《あら》ず。次は渋谷か原宿か。なんだか、このまま世界一周できそうだ。でも、お洒落な若者は危ないから真似しないで。

もの惜しみのマナー

津村記久子

　普段口にしているおやつのほとんどが、賞味期限切れなのではないかという疑いをかけている。過度の備蓄が原因である。さすがに洋生菓子のようなものは、賞味期限後一週間以内に食べているとは思うのだけれど、たまに賞味期限後一年が経過しているようなおやつを冷蔵庫の奥などから発見した時は、心の底から自分はだめだなと思う。とかく管理がなっていないわたしの人生全般だが、おやつの管理は特にひどい。手持ちのおやつを目録にする人を雇いたいぐらいである。時給二〇〇円ぐらいしか出せないが。

　レコーダーの中身も大変なことになっている。特に好きで楽しみにしているため、視聴を後回しにしている『名探偵ポワロ』と『ミス・マープル』と、あと旅番組だらけになっていて、慢性的な容量不足の状態から脱出できない。好きならすぐにそれらを観ればいいのだけれども、いやいやまだまだ決定的に退屈な時のために、と後回しにしてしまうのである。

　これらの行為は、一見がっついていないようでいて、がっつきを迂回して最良のがっつき時期を狙うという真の貪欲さを秘めており、自分の執着がたまに怖くなる。そしてすごく不便だ。おやつは劣化するし、録画した番組は、レコーダーがはち切れそうな具合のどさくさに観る破目になる。おやつやテレビ番組ならまだいいけれども、DVDなんか本当に悲惨だ。買うだけ買ってきて、「もっとつらい時用」とか言って観ない。開封すらしない時もある。

ただでさえ、つらいことはたくさんあるのに、これ以上何を待つというのか。本当に落ち込んだ時には、そんなもの消費する余裕などない。カーテンを閉めて水を飲んで寝るだけである。もういっそ、「観ないと三ヶ月以内に自動的に消えます」というぐらいにしてくれたほうがいいのかもしれない。

実は、こういった後回しぐせを本当に改めなければいけないと決意した出来事があった。一年半前にクロスバイクを買って、やはり大事に少しずつ乗っていたら、しまいに月に一回も乗らなくなって、タイヤの空気は抜けるわ、ハンドルの向きは歪んでるわ、それをなおすための六角レンチの使い方も忘れていて、逆時計回りで緩めて調整するところを時計回りに回して逆に締めてしまい、出先で一時間ぐらい往生したのだった。風の吹きすさぶ冬の日曜の午後、ホームセンターの駐輪場でのことだった。わたしの横を、原付一台、乗用車数台、自転車が数え切れないほどすり抜けていった。寒かった。

物は大切にしすぎないほうがいいときもある。物へのマナーの第一歩には、大切にした方がいいのかそうでないほうがいいのかを仕分ける能力も含まれるようだ。

夢のマナー

劇団ひとり

辞書で『夢』と引けば、目標と言った意味と寝てる時に見るものと二つ出てくるが、なんで同じ言葉なのか。これらは全く別物である。不思議なのは英和辞典で『dream』と引いても、やはり同じく二つの意味で使われていること。世界共通なのかしら。文脈でどちらの意味かは大体分かるが「全裸で町中を走るという夢」は大半が寝て見る夢かもしれないが、中には現実の目標として掲げてる人もいるのだから、ややこしい。

それにしても夢というのは謎だらけだ。寝て見る方の夢である。なんだアレは。一時期、気になって本で調べたり、どこぞの立派な大学の教授に話を聞いたりしたこともあるが、どうも腑に落ちない答えばかり。睡眠中の記憶の整理というのが今では一般的な理解らしいが、どうもそれでは納得出来ない内容が多い。椅子の下にロケットエンジンがあり、そのまま窓を突き破って飛んでいく夢は一体なんの記憶を整理しているのか。女優の長谷川京子とエレベーターに閉じこめられて色っぽい展開になっていくあの素敵な夢はなんだ。当然、そんな記憶は微塵もない。そんな記憶が得られるなら死んでもいい。

夢の中の自分も不思議だ。誰だあいつは。気持ちよさそうに空を飛んでいるが、あれは俺じゃない。現実の自分だったら「あぁぁ！　落ちる！　落ちちゃうって！」と恐怖で発狂するに違いない。そのくせ、小学生にボコボコにされそうになって走って逃げるとは何事か。

絶対に勝てる相手じゃないか。誰なんだあいつは。夢だと分かってやっているのか、だとしたらあの恐怖心は説明出来ないじゃないか。

夢だと分かる場合もある。これは昔から良く見る夢。公園の便所で小便をしようとすると、隣に背広にハット姿の謎の紳士が現れ、用を足しながら前を向いたまま「ふふ。これは夢ですよ」と教えてくれるのだ。良かったぁ、危うく寝小便をするところだったと安堵する内容だ。そこまでは毎回、同じ展開だがその後は変わる。夢だと分かった僕は「よっしゃー！夢だ夢だ！むちゃくちゃしてやれ！」と街に繰り出す。車で暴走したり、ビルから飛び降りたりとやり放題。だが毎度、望み通りになるわけではない。度々、試みるのが「水着のネェちゃん出てこい（本当はもっと過激）」と強く念じるのだが、ポッと目の前に水着姿の中年男性が現れてしまう。

何度やっても犬とか高校時代の恩師とか出てきて悔しがってると、先ほどの謎の紳士が現れ「ふふ。雑念があるんですよ」と言って去っていく。それを聞いた僕は深呼吸で心を落ち着かせると、穏やかな表情で一言「水着のネェちゃん（本当はもっと過激）」と呟く。すると目の前に願っていた女神が現れ、僕は「よっしゃー！」と大声で喜び彼女を抱きしめるのだ（本当はもっと過激）。

「旬」をつかむマナー

手紙のマナー

楊逸

この原稿の掲載は「大空にこいのぼりの躍る頃」であるにもかかわらず、四月に入った早々催促の電話が入った。ちょうど一年ぶりに「春の愁《うれ》いにとらわれ」、自己陶酔していたところだった。

なぜか郵便事情が悪い頃のことを思い出した。二〇年ほど前、来日当初日中間の手紙をやり取りするのには、一往復最短でも一月はかかった。国内郵便は若干速いとはいえ、せっかく「若葉が鮮やかな季節」に出した手紙が、「梅雨のうっとうしい日々」に届いたりするようなことはなかったのか。礼儀を重んじる日本人なのだから、あるいはあらかじめ届く時間を考えて季語を選ぶような気配りをするのだろうか。思い出すことができない。日本語はゼロに等しいレベルだったので、もちろん日本語の手紙にそんな決まりがあることも知らなかった。

日本と比べ中国では、領土が広い分季節のずれも激しい。そのせいか、手紙のツール本があっても、それ用の「季語集」はない。作れないのかもしれない。

同じ四月でも、「新緑の候」の地方もあれば、「まだ残雪が目につく」ところもある。時候とは、むろん日々この身に浸みる風雪冷暖の感覚を、言葉にして手紙に書くものなのだろう。決まりがない分難しくなるが、その時その時の「フレッシュ」な感覚や感情を、気取らぬ

「本音」のままで書くという自由もある。文章が「体温」を帯びているので、「ほやほや」の気持ちが相手に伝わりやすいではないか。

中国の手紙の「書式」は、英語に似て「親愛なる○○さま」で始まり、「祝、仕事順利！」やら「生活安康！」の言葉で結ぶ。天気のことが特に気になれば、「こちらは砂嵐に悩まされる日々を過ごしておりますが、桜満開の東京では、春も麗《うら》らか、毎日楽しんでいることと存じます」という具合に、季節を共有しないことを前提とする書き方だったりする。

実際のところここ数年ＩＴ通信の発達によって手紙の役割の大半はメールに取って代わられた。この電子「手紙」を、稲光がする瞬間に出せば、相手の裏瞼にその稲光の残像が消えないうちに届く。季節の共有はおろか瞬間まで共有してしまうのだ。その手軽さに便乗し、アメリカや中国の友人とのやり取りでは「親愛なる○○さま」を「Ｈｉ Ｙａｎｇ」あるいは「楊逸」と呼び捨てにして語りだすよう簡略化した。

一方の日本語のメールというと気軽くなったのはスピードだけで、文面はやはり季語から始まり、「いつもお世話になっております。——どうぞ宜しくお願いいたします」の枠に要件を挟む。

そろそろ筆を置く時だ。書き上げたこの文も、いつものように右と同じ文面のメールに添付し、担当者宛てに送らなければ。そしてこの「風薫る季節」をゆっくり楽しみたい。

国旗のマナー

赤瀬川原平

日本のお正月には不思議な空気が流れる。静かで、清々しくて、透き通ったような空気だ。それが高貴でもあるので、正月というだけでなく、その上につい「お」をつけてしまう。世界中どこでも、ということではなくて、それはどうも日本独特の空気らしい。

外国では年の替わりはカウントダウンでおしまい、という感じのようだが、日本では餅搗《つ》きをして、おせち料理を作って、年越しそばを食べて、初詣をして、行事がたくさん並んでいる。初夢まで見てしまう。

お正月に向けてこれだけ多くのしきたりや行事があるのは、昔の日本の年齢の数え方が、数え年だったからだと思う。

数え年といってもいまの若い人はわからないだろうが、いまの満年齢と違って、年の切り替わる正月にみんな一斉に年をとるのだ。つまり生まれた時は誰しも1歳と数えられ、初めての正月が来たらそこでもう2歳となる。

日本の数え年はいつごろからのものか知らないが、お正月をこれだけ大事にするのは、やはりみんなで一斉に年をとっていた数え年によるものだろう。

でも子供時代の自分には、お正月の透明な空気は、門《かど》ごとに出している国旗からかもし出されると感じられた。白地に赤い日の丸の旗が、どの家の前にも静かに差し出されている。

正月はだいたい無風で、日の丸の旗は白と赤が互いに半分隠れたりしながら、静かに垂れ下がっている。思い返せば、それがお正月の静かさの源泉だった。

幼年期はそれでよかったが、青年の独身時代には、その静けさが、たまらない寂しさとなって取り囲んでくる。町を歩いても、みんなどこへ隠れたのか、人影がない。あまり寂しいので、正月も休日出勤をして働いた。

その後中年となると、お正月をお正月らしく過ごしたくなってくる。そうだ、自分も一人前に家庭をもったし、お正月をお正月らしく、門松を立てて、ちゃんと国旗を出そう、と思った。

さて国旗だが、どこで売っているものやらわからない。黒の段だら塗りの旗竿《ざお》もいるし、金の玉もいる。どうすればいいのか。あらためて何も知らない自分に驚いて、当時それをめぐる短篇小説を書いたほどだ。

とにかくそうやって一人前に国旗を手にしたものの、ふと気がつくと、近所の家のどこも国旗を出していない。これにも驚いた。お正月の「お」が、どこかに消えてしまった感じだ。お正月だというのに、どうも国旗が出しにくい。あえて出すと、何か特殊な人に見られそうだ。

そんな空気に改めて気がついた。何だかおかしいとは思っていたのだ。やはり空気というのは酸素と窒素だけでなく、日々複雑に変化している。

期間限定のマナー

津村記久子

冬になると、期間限定のおやつが増え出す。いや、春・夏・秋とそれぞれの季節に期間限定の商品は存在するけれども、冬はその気温の低さに関係があるのか、それともクリスマスやお正月といったイベントごとの多さに由来するのか、他の季節より期間限定のものが多い印象があるのだ。

ところで、「期間限定」という言葉をあなたは好むか、それとも一向にかまわないか？　むしろ、浮ついている感じがして好かないか？　それぞれに「期間限定」への距離感があると思うのだけれども、ここにわたしは一つのスタンスを付け加えたい。それは「怖い」である。

そうだ、期間限定商品は怖い。だってその期間が終わったらその商品は売られなくなるのだ。来年もまた会えるさ！　とポジティブに考える手もあるかもしれないが、自分がそのメーカーの社員でもない限りは、その商品が次の年に売られるかどうかは定かではない。もし、その期間限定商品を気に入って、しばらくはこれを食べたい、と思った矢先に、店頭からその商品が姿を消したらどうなるだろう。そんなことがあったら、わたしはとても悲しい。なので、商品を見かけるたびに、つい複数買ってしまう。備蓄する。それで備蓄が尽きてもつらいし、飽きても自己嫌悪でつらい。「期間限定」は、不幸な気持ちしか生み出さない……。

などと突っ走ってしまって申し訳ない。ちなみに、期間限定の反対語を示すならば、おそらく「定番」とか「レギュラー」といった言葉が挙がってくるだろう。要するに、普通のものである。期間限定商品に踊らされ、その姿を見失うたびに、わたしは普通の、いつもそこにあるものを好きになれるということの強さを思い知る。だから、もう定番のものしか買わないぞ、と心がけた時期もあるのだけれど、「期間限定」は華やかで目を引き、そして安売りされていたりする。それでわたしは、気に入りすぎなければいいか、とよろよろ手を出してしまう。

「定番」と「期間限定」は、終わりなき戦いを繰り広げているようで、裏ではときどき結託して、物を買う側に攻勢を仕掛けている。それいいでしょ？　そりゃもともと品質のいいこれを応用したものだからね。でもそれ、そのうちなくなっちゃうんだよね。代わりにしばらくはこれを買ったら？　これはずっとあるよ……。「定番」と「期間限定」の微妙な綱引きの傍らで、おやつ消費者はいつも身悶えている。いや、おやつ以外にもそういうことはあるかもしれないけれども。おやつを食べていく上でのマナーは、流されない強い心を持つことか、それとも、徹底的に踊っては、前の商品をどんどん忘れてゆく身軽さを身に付けることか。スーパーでの自問自答は尽きない。

節電のマナー

赤瀬川原平

近所の商店街を歩いていたら、道路脇の並木とか鉄柱などに、緑色のネットが張られている。もうじき夏だから、お祭りの用意かな、と思った。いずれそのネットに豆電球とか行灯《あんどん》とかつくのだろう。

ところがぜんぜん違った。家内に聞くと、それはゴーヤを植えるのだという。え、ゴーヤ……。ゴーヤといえばゴーヤチャンプル。沖縄でよく食べる料理だ。夏祭りでゴーヤチャンプルを振る舞うのか。

そうじゃなくて、そのネットにゴーヤをからませるのだという。ゴーヤというのは蔓《つる》がどんどん伸びる植物で、それを道路脇に張ったネットに這わせて、日除けにする。電気を使わずに少しでも涼しく、というのでいまはやっているらしい。

節電だ。そうか、ネットに豆電球をつけるのではなくて、ゴーヤの蔓を這わせて、クーラーなどの消費電力を切り詰めるのだ。

惜しいなと思った。ゴーヤで発電かと思ったが、発電まではいかない。でも節電だから、ぎりぎり発電に近づいている、とはやはりいえないか。

ソーラーパネルなら明らかに発電だが、風情はゼロだ。とにかくうちにも日の当たる窓が二つあるので、ゴーヤを買いに行った。

でも何故ゴーヤなのか。朝顔やほかの何かでもいいのに。

いや、おそらくここは、ゴーヤというのがメッセージになっているのだろう。メッセージか、もしくは節電的マナーのようなもの。自然を生かして節電、という陰には原発は遠慮します、との気持ちがあって、それにはやはり朝顔やヘチマではちょっと役不足で、少しごつんとした感じのゴーヤが選ばれたのではないか。

とにかくみんなゴーヤを買って、苗が品薄である。家内がいうには近くの花屋さんではもう品切れなので、駅の向こう側の店に行ってみるという。その店にもあるかどうかと思ったが、行くと陰の方に三つあった。二つ取って奥に行くと、花の世話をしていたおばさんが、ああ、ゴーヤね、とにっこりする。やっぱり、という感じである。メッセージを共有した感じが、しないでもなかった。ここでも毎日ゴーヤ、ゴーヤと売り切れているのだろう。

ゴーヤは表面がぶつぶつの胡瓜みたいなもので、食べるとちょっと苦い。今年は花屋でゴーヤの苗が売れた代わりに、夏の八百屋では野菜のゴーヤがあまり売れないんじゃないか。夏にはみんな節電の副産物で、口の中が苦味走っているはずである。

日除けの場合、近くに窓があるから、実ができたら早めに取った方がいいらしい。風が強く吹くと、ゴーヤの実がごとんごとんと当たって、窓ガラスが危なくなる。節電の夏の風物詩である。

新年号のマナー

楊逸

年明け、購読している雑誌が続々と届いた。表紙を眺めれば、どれも二月号と書かれている。ふと、「新年号」は、まだ新年を意識していなかった十二月のはじめに届けられ、とうに読み終わったことに気付く。その内容もすでに記憶の中でぼやけはじめているではないか。

そう言えば日本の雑誌の、出版される時間を示す「〇月号」は、実際の時間とずれているのではないか。その幅と言えば、週刊誌は一週間、月刊誌はひと月、季刊誌となるとなんとワンシーズン。つまり「春号」を、真冬の寒い中で、分厚い布団を頭から被って、ソファに縮こまって読むことになる。なぜなのだろう。かねて気になっており、一度出版関係の知り合いに訊ねたこともあった。

——そういう決まりだからじゃないかな?

納得し難い曖昧な答えだった。何せ、中国人である私は、未だ中国的な常識から抜けだせず、新年号を読むのは、新年になってからだと思い込んでいるのだから。

時間が先行する日本の雑誌とは対照的に、中国の雑誌は出版時間に忠実どころか、たまに遅れもする。たとえば月刊誌、十二月号なら、十二月中（三十一日まで）に売店の雑誌コーナーに並べればセーフ。郵便事情や住むエリアによって定期購読者の手に届くのは、一月になることも多い。

数年前まで私もある中国の雑誌を購読していた。海外の読者ということで、購読料とは別に郵便料金も払っていたけれど、それでも届くのにおよそ二カ月足らず、最長では半年かかったこともあった。要は十二月号の雑誌は、薄暑の候に、パソコンを叩いて汗ばんできた手を、ちょっと止めて読む、という感覚になる。おかしい気もするが、冬向きのその内容が涼しげな気持ちにさせてくれたから良いかな、と……。

読者として慣れてしまえば時間のずれがひと月あろうと二月あろうと、たいして支障はない。だが、書く仕事についてからというもの、原稿依頼文に書かれた数字に一々引っかかってしまう。「〇〇雑誌の二〇一三年三月号にエッセイの寄稿をお願いします」、「締め切りは二〇一二年十二月の二十日とさせていただきます」というような手紙は、大体二〇一二年一〇月の末頃に届く。

——もう来年三月の原稿を書く時期になったのか？

指を折って計算すれば、三月号の発売は二月の初めで、編集作業は一月の末に終わる。ということは原稿のゲラは、一月前半にはでき上がらなければならない。ほお、なるほど、年末年始の休み期間を除いて、ゲラを作る時間に間に合うよう、書き手は十二月二十日に原稿を提出しなければならないということだ。

いささか時間と争い過ぎる気もするが、幸いこの原稿を載せて頂く新聞はカレンダー通りに出ている。

生み出す人の
マナー

ラジオのマナー

劇団ひとり

　ラジオが好きなタレントは少なくない。正直、ギャラに関して言えばテレビと比べて少ないどころか、場合によっては交通費を差し引けば赤字になるようなこともありうる。それでも多忙な大物タレントがやりたがるのは、そこにテレビでは出来ないやり甲斐があるからであろう。

　我々タレントは、テレビで好き勝手なことを喋っているようで実は数ある話題の中から「テレビ用」や「ラジオ用」、はたまた「エッセイ用」や「キャバクラ用」などと取捨選択をしているのである。

　その選別は人によって違っていれば、その線引きも曖昧なのだが、例えば「海外でスリに遭った」といった話なら誰でも興味を持ってくれるのでテレビ向きだが、それが「尻に吹き出物が出来て座ると痛い」なんて話はそのパーソナリティーに興味がなければどうでもいい話題なのでラジオ向きといったところか。

　そういったパーソナルな話を堂々と出来るのがラジオの魅力なのかもしれない。そして、そんなラジオにも当然マナーは存在する。

　当たり前ではあるが、ラジオは音のみで表現しなくてはならないので「実家から、こんなに大きいジャガイモを送ってきた」と身振り手振りで喋ったとしても伝わらないので「実家から、木魚ほどの大きなジャガイモを送ってきた」など比喩《ひゆ》を使ってリスナーにその大きさを想像して貰わなければならない。

しかしながらゲストで来るミュージシャンなどはそんなことまで考えてくれるはずもないので「この前、このぐらいのカナブンがいて！」と興奮気味に話している、その横で即座に「ほう。500円玉ぐらいの」と比喩して、さらに「それが、ここに飛んできて！」と盛り上がるゲストの話を止めないようにして「ほう。鼻の下に！」と解説する必要がある。

音しか伝えられないというのは不便なようで便利なことも多々ある。数年前、渋谷のとある場所でラジオの中継をしていた時のこと、渋谷の最先端の情報を伝えるというレポートだったのだが、中継中、見るからにガラの悪い連中が何が気に食わないのかすぐ側《そば》でこちらを睨みつけており、穏やかな雰囲気ではない。これがテレビだと視聴者も気になって仕方がないだろうが、なんせラジオなのでリスナーに分かるわけがないので「いやー、渋谷っていうだけで気分がウキウキしますね」などと素知らぬ様子で中継を続けた。それがまた連中の癇《かん》に障《さわ》ったのだろうか、中の一人が突然「うるせぇんだよ！　この野郎！」と叫び出した。これには一瞬たじろいだが中継をやめるわけにはいかない。スタッフと目配せをして、その場をゆっくり離れながら「いやー、お聞きの様にお酒を飲んでご機嫌な方も大勢いますよ！以上、渋谷から劇団ひとりでした！」と間一髪で放送事故を免《まぬが》れたこともある。

環境音のマナー

津村記久子

　自分では雑でぼんやりした人間のつもりでいるのだが、たまに驚くほど、「これは違う!」と厳しく指摘して、執筆環境の改善を要求し始めるのが厄介である。ここで重要なのは、「違う!」と言ったところで、言う人も自分なら改善する人も自分自身であるということで、日々わたしは自分自身からの細かい抗議に応対し、環境の整備に努めている。「なんで突然状差しの調達が急務なんだよ……」などとぶつぶつ思いながら。

　最近持ち上がったのは、仕事中に流す環境音に関する問題である。わたしは、完全に静かだと落ち着かないわりに、テレビやラジオをつけるとそっちに気をとられて集中できない、という半端な作業者なので、仕事をしているときは、何らかの自然の音を流している。それにテレビで観たのだった。集中するには環境音がいいよと。わたしは暗示にかかりやすいので、このお墨付きは大きかった。なので主に雨の音を流している。たまに吹雪の音とかも流す。以前は、音のデータを買っていたのだが、スマートフォンの普及とそのアプリケーションの発達により、環境音が手に入りやすくなってきた。世の中には、思ったより環境音を必要としている人がいるのである。しかも環境音同士を交ぜ合わせたりもできるようになった。雨の音と吹雪の音を同時に、雨の音は大きく吹雪の音は小さく、なんていう注文をつけられるのだ。また、雨の音だけでも何十種類とあって、室内、車、電車、テント、木の下、温室、庭園、森、など録音のシチュエーションも選び放題である。

しかし、あまりにもたくさん音がある分、個人的な当たり外れもあるのだった。「森の雨の音」なのに、少しでも車のエンジン音が入っていると、くだんの気難しい自分が顔をしかめる。目を三角にして、音源全体をチェックし始める。ブーとかいう車の音が聞こえたらもう削除だ。音にむらがあるのも嫌がる。録音のマナーにこだわりすぎるのである。しかしはたと思う。自然てそういうもんだろう。すごく無茶な要求をしていないか。だからといって一定のノイズ音で代用してもすぐに飽きてしまったり、大変わがままである。

最近は、雨の音の他に、「カフェの喧騒」も仕事がはかどるらしいよ、という記事を目にしたので、さっそく音を導入して「確かに」と悦に入っている。でもカフェの音はそれはそれで、BGMが流れていたり、派手な笑い声が上がったり、子供が泣いていたり、気になることも多い。そこでまた厳しいチェックが始まる。最近は、森の雨+葉に当たる雨+小川のせせらぎ+うるさいカフェテリアの四つを交ぜたものを聴いて仕事をしている。何なのか。小川が近くにある山小屋併設の食堂でないと仕事ができないとでも言う気か。しかも雨の日限定。そんな聴覚の理不尽な要求をいなしつつ、今日も仕事をする。

テレビカメラのマナー

劇団ひとり

我々、テレビに出てご飯を食べさせて貰っている人間にとってカメラは命であり、カメラがなければテレビタレントなど無に等しい。そこで今回は我々にとっての生命線とも言えるカメラのマナーを少々。

収録の際、どんなに気の利いたコメントも派手なリアクションもカメラに映っていなければ意味を成さない。なので、いまカメラが何を映しているのか常に細心の注意を払う必要がある。

そういった事も考慮して、スタジオには必ず演者の為のモニターが用意されており、今どのカメラがどの画角で撮っているのか我々は知ることが出来る。なので、例えばなにか試食するような場面では料理がしっかりと画面に映っていることを確認するのは常識、器や角度によってはしっかり撮れていない場合があるので、さりげなく「うわー。美味しそう」などと言いながら器をカメラ側に傾けて料理を映す。

そして、料理が餃子や小籠包などの場合は「ちょっと見てくださいよ」と言いながら箸で皮を破って肉汁を見せれば文句無し。中には「そりゃ、そこまで箸で押しつぶせば肉汁も出るでしょうよ」と言いたくなる場面も少なくないが。

演者が大勢の収録で気をつけなければならない点。例えば何か発言する際、突然「明智光秀か！」と言った所でカメラが撮ってくれていない場合があるのだ。なので、そんな時のマナーとして語頭に何でもいいので一言付け足して、カメラマンに「僕は今から発言します」とアピールしてから「いやいや！　お前は……（よし。カメラ来たな）明智光秀か！」と発言するようにするのだ。

そして、時にはその逆も然り。特に発言したいことなどないのに、何かを期待したカメラが僕を捉えることもある。

いま自分がコメントを求められている番だというのは百も承知だが、なんせ何も思い浮かばない。期待に応えられずひたすら苦笑した自分が大きくモニターに映し出される。苦し紛れに「なに撮ってんだ、馬鹿野郎」と悪態をついたことも数知れず。

リアクションもまた然り、ワサビ寿司を食べる際も辛いからといってすぐに慌てふためいてはいけない。爆発しそうな鼻の激痛に耐えながら、カメラがこちらを捕えるまでは必死に耐え抜く。

それが熱湯風呂であろうとザリガニであろうと基本は変わらない。僕もその昔、ドライアイスと水を口に入れながら「口から雲を吐き出すぞ！」といってスカイダイビングをするという仕事をしたが、上空から落下していく恐怖とドライアイスが気化して肺に充満する二酸化炭素の苦しみに耐えながら、頭に装着した小型のＣＣＤカメラのズレを冷静に戻した記憶がある。

名づけのマナー

鷲田清一

「殺してみい？」

とっさに耳を疑った。あるベテランの看護師さんと話しているときである。

「コロシテミー？　コロストミーと言ったんですが」と看護師さん。

コロストミー。家に帰って調べてみれば、「人工肛門」のことらしい。コロトミーという語も出ていて、これは「結腸切開」とある。わたしの早とちりだったと納得がいった。が、また違う意味で合点のゆかないことが出てきた。

コロトミーとは、ギリシャ語で腸の下部のことをコロンというので、それに、アナトミー（解剖）のトミー、つまり「切る」を意味するギリシャ語由来の語を後にくっつけて、腸を切開する術という意味になったのだろう。これは西の国々の造語の習慣であって、なにも問題はない。

ところが、腸の病気をしたときに日本で処方される薬の名、これは正直、ひどい。検査食の「ボンコロン」。フランス語で「良い」を意味するボンにコロンをつけて、「良い腸」としゃれたのだろうか。いや、ボンカレーを製造している食品企業の製品なので、「ボンコロン」なのかもしれぬ。が、老眼のわたしにはそれが「ポンコロン」と読める。「ポンコロン」ときたら「ポンコロリン」である。検査前ということで不安な思いでいるから、笑うに笑えない。家人は顔をまっ赤にして怒っている。

その検査のために使う下剤に「ムーベン」というのがある。無便の意味か、それとも便を押し出すというのでムーブをもじったものか、さだかでない。調剤表を見ていると、下剤にはほかに「ヨーデル」というのがある。「よく出る」という意味であろう。極めつけは、デカメロンならぬ「デカドロン」という錠剤。デカいのがドロン、というわけか。が、これは勘違い。あとでこの薬剤は副腎皮質ホルモン製剤であることを、ものの本で知った。

「ヒガンバナ」のことを「きつねのかみそり」とか「きつねのたいまつ」とかいう地域があると、柳田國男の本にある。思えば、ヒガンバナという植物名じたいが「彼岸花」という忘れがたい名である。こういう「思いつき」は動詞や長い文句にもあって、柳田は「うしろ髪をひかれる」「さばをよむ」「棒さきを切る」(うわまえをはねるの意)などの例をあげている。そして「いずれもこれを聞いて、すぐに心もちがわかり、自分もこんどは使ってみようと思わぬ人はなかったのである」と書いている。

これらに較べると、例の薬の名はあまりにあからさまで、すぐに意味は通じるが心もちは通じない。良薬を工夫したひとの思い入れは想像できないこともないが、言葉遊びのようなそれは、服用するひとの気持ちをあまりに考えなさすぎる。

タレントのマナー

劇団ひとり

我々テレビタレントは、この商売を選んだ時点で仕事中であろうが私生活であろうが、いつ何時も誰かに見られているという意識と覚悟が必要であり、それは「タレントとしてのマナー」とも言える。

当然といえば当然なのだが、我々タレントとて普段からバカ騒ぎしてるわけではない。だが、どうしても視聴者の中にはテレビそのままのイメージを期待してる人が少なくないようで、先日も一人で牛丼を食べていたら向かいのカウンターに座る学生に気が付かれ、なにやらコソコソと「あれ劇団ひとりじゃね？　すげー普通なんだけど」なんて会話が聞こえてきた。

牛丼を食べているだけなのだから、当然普通である。しかし、もしかしたらその学生さんは普段から我々タレントはイチイチ「うわー！　美味しい！」などとリアクションしていると思っていたのかもしれない。

しかし、考えてみれば僕自身もその学生さんと同じようにタレントに対してそういうイメージを抱いていたので仕方がない。学生時分、偶然、バラエティー番組などに出ているタレントがトイレで用を足している姿を見て「普段は暗いんだな」と友達と噂をしたのを覚えているが、考えてみれば単に黙って用を足していただけなのだ。しかし、そんなことまで考えずテレビのイメージ通り普段から一人でも「いやー、スッキリするな」などと一人でも喋っているものだと思っていた。

しかし、現実には地味で平凡な我々だが、なるべくならテレビのイメージを裏切らないことがテレビタレントとしての宿命かもしれない。

たとえ休日にのんびり街を歩いてる最中であっても、サインを求めて頂いたのなら有難くお受けしなければならないのは当然、下手に対応すればブログやらツイッターやらに「劇団ひとりクソ生意気」などと書かれても仕方のないご時世である。時には「本当に俺のサインが欲しいのかしら」と疑問を抱きながらレシートの裏側にサインをしたこともあれば、何故だか「すいません、他に書くものがないので」と言われて僕がちっとも関係のない熊田曜子が表紙の週刊誌にサインをしたこともある。

そんなことに慣れてしまっていることもあり、以前、ゴルフ場でキャディーさんに「サインお願いします」と紙切れを渡されて「またペラペラの紙だな」と内心思いつつも、そんな顔は見せずに喜んで「劇団ひとり」と書いたら、キャディーさんの様子がどうも変である。なんてことはない、それは単にゴルフクラブの本数を確認したという事務的なサインだったのだ。とんだ勘違いで赤っ恥をかいてしまい、ゴルフだからと言うわけじゃないが、まさに穴があったら入りたいのであった。

ロックのマナー

町田康

　理由はアホなのでわからぬが、夏ともなれば各地で大規模なロックフェスティバルが開かれるなど、一時は下火と言うか、過去の音楽となったロックミュージックがまた盛り上がっているように感じる。しかし、もともとロックを聴き、自分自身も、一応、ロックの世界に籍がある人間としては嬉しいことであるが、単純に喜んでいられない部分がある。

　というのは、ロックを聴く人や演奏する人のマナーがきわめて悪いのである。というと、多くの人が、「はっはーん。やはり柄が悪く、時間やお金にルーズで、性向はあくまでも怠惰、性的な風儀も随分と乱れているのでしょう。まさか、火付けや盗み働きはせんでしょうが」と思うだろうが、そうではなく、反逆・反抗の音楽であるロックの世界では、そういうことを進んでやるのがかえってマナーなのである。

　ところが最近の、ロックファンやロッカーときたら、整然と列に並び、ゴミは持ち帰り、他人に迷惑をかけることはないし、真摯に音楽と向き合って努力を怠らず、先輩を尊敬し、スタッフには従順、「ありがとうございます！」と「がんばります！」が口癖という体たらくである。まあ、聴く方は、ロックを聴くならできればロックな人生を送って欲しいが、古いファンともなれば既に社会の中核、部長とか局長とかになっているので、経営会議の席上で中指を突き立てて、「ファック」とかいうことは難しいだろうけれども、せめてやる側は、法律の範囲内で最低限のマナーは守ってほしいものである。

どういうことかというと、まず言葉遣いのマナーを守って欲しい。よく、ロッカーが、「出演させていただいて」とか、「アルバムをリリースさせていただいて」とか、言っているのを聴くが、誰になにを謙譲しているのだ。ロッカーは敬語を話さず、常にタメ語で話すのがマナーである。それから万が一、爆売れして大金が入ってもけっして資産など形成してはならない。無茶苦茶な浪費をし、逆に莫大な借金を負うのがマナーである。もちろん売れなくてもエコな節約生活を送るなどは遠慮しておくのがエチケットだ。その他にもいろいろあるが、酒にしろ煙草にしろ身体に悪いとされていることはひととおり嗜《たしな》むのがマナーである。

その結果、早世するのも最低限のマナーで、できれば三十前には死んでおきたい。その際の死亡保険も三百万円くらいにしておくのがマナー。

と書くと、そういうおまえはどうなんだ、と聞く人があるかと思うが、そういうことは聞かないのが世間のマナー。人のことはとやかく言いながら自分は楽勝かますのがロッカーの、マナー。

撮影現場のマナー

劇団ひとり

只今、初監督作品『青天の霹靂《へきれき》』の撮影で連日右往左往している。全てが初めてのことで分からないことばかりだが、そこで学んだ映画の撮影現場でのマナーを少々。

まず気を付けなければならないのは、現場の皆に配られるスタッフTシャツだ。胸に『青天の霹靂』、背中に『劇団ひとり』とプリントされたオリジナルTシャツだが、これは予想以上に誰も着て来ないということ。正直に言えば配られた時から着るのは少し抵抗があると予測していた。が、もし現場に行って他の皆が着ていたら「監督のくせに団結する気がない」だとか「これだからタレント監督は……」と思われそうだったので、勇気を振り絞って初日から着て行ったのだが、現実にはほとんどスタッフが着ておらず、なんだか「あいつ初監督だから張り切ってんな」と笑われていそうで恥ずかしくなり、思わず腕組みをしてプリントを隠すも、背中の「劇団ひとり」は丸見えなので、壁に寄り掛かって必死に隠した。

周囲から「初監督の割に堂々としている」と言われるのは、きっと初日から偉そうに腕組みをして壁に寄り掛かっているそんな姿を見られてのことかもしれない。

僕の場合、監督をやりながら出演もしているのでその難しさも痛感している。他の出演者に対して「OK」だとか「もう一回」と言うのは苦労しないが、なんせ自分のことを客観的に判断するのは至難であり、簡単にOKを出せば周囲から「あいつ自分には甘いな」と思われそうだし、中々OKを出さなければそれはそれで「あいつ自分を良く映そうと必死だな」と思われそうでそのさじ加減がいつも悩みどころである。

なので結局は自分の出番の撮影が終わる度、周りに「今の俺どうですか？　大丈夫でした？」と確認してしまい、プロデューサーに聞く分にはまだいいが、メイクさんや衣装さんにまで見境なく尋ねる始末である。

真夏の撮影なので熱中症対策も必然となる。首に手拭いを巻いたり、氷嚢《ひょうのう》を頭に乗っけたりと色々あるが一番はやはり水分補給である。ちなみに撮影現場にはいつも必ず大きな給水ポットが二つあり、一つには麦茶、もう一つには「何か」が入っている。何か、と表記したのは僕も周囲のスタッフもその本当の正体を知らないからである。フルーティーな甘味を感じるその水は、最初の頃はガムテープにマジックで「ポカリスエット」と書かれていたので、そう信じて疑わなかった。しかし、誰かが「ちょっとポカリにしては薄くないか？」と指摘したのかどうか、しばらくすると「ポカリスエット風味」という何だか分からない物に変わり、それさえも異議を唱えられたのか、最終的には「スポーツドリンク」という漠然とした名前に変わっていた。

美容室のマナー

楊逸

久しぶりに美容室へ行った。大きな鏡に向かって座らされ、ヘアスタイルのカタログを捲《めく》る。髪型を決めると、さっそく首にタオルを巻かれて髪を洗うところへ連れていかれる。椅子に座るなり、まず大きなタオルをお腹辺りからかけられる。寒さよりも、身体のラインを目立たなくするためなのだろう。椅子の背もたれがゆっくり倒されていき、やがて首が水槽の縁にあたる。上下少し調整してから、フェイスガーゼを顔に載せられる。顔を下に向けるスタッフと目を合わさないようにするためであろう。

洗いはじめる。スタッフの手つきはどこまでも丁寧で、加減の効いた指がマッサージでもするかのように心地良く頭皮にあたってくる。終わると、今度は乾いたタオルでしっかりと水気を取ってから、首の後ろに暖かいタオルをあて、ひと呼吸が置かれる。

首から暖かさがじ〜んと広がっていく。日頃、背骨や肩に溜まった凝りが溶け始め、疲れもほぐされて、あまりの気持ち良さにまどろんでしまうのだ。極楽、極楽！

顔に載せたガーゼと、お腹にかけていた大判タオルを取り払われて起こされる。髪も首もきれいに拭いてから、タオルを替えて鏡の席まで連れ戻されていく。ちらっと水槽の横にあるタオル入れを覗くと、使い終わったタオルが小山のように盛りあがっている。

頭と肩にタオルをかけてマッサージが施される。それから、髪を染めたり、カットしたりして、タオルが次々と使われていく。最後にうなじについた毛を拭き払ってから、きれいなタオルを首に巻き、ヘアスタイルを整えていく。柔らかくて、時には馨《かぐわ》しい洗剤の香りを放つタオルが、替えられるたびに、肌は喜び、気持ちも和んでくる。

いつもはじめに「今日こそ何枚のタオルが使われたかをしっかり数えよう」と意気込むのだが、いまだに最後まで数え続けることはできていない。

帰省する時たまに、安さを目当てにして中国の美容室に行くが、カットするだけだったら、大抵首に巻くものと水気を取る用のもの、二枚で終始する。白髪染めやパーマをするならば、せいぜいあと一枚増やされる程度だろう。

リラックスしながらきれいになっていく——客を心身ともに「リフレッシュ」させるという日本の美容室と比べ、そもそも中国のそれは、客も美容師も髪の毛をなんとかするという目的に徹底するような姿勢である。最初の洗うところから、日本の仰向けに寝かせるという作法と逆で、客が顔を下向きにして水槽に頭を突っ込むのだ。髪をぬらし、シャンプーをつけて、そそくさと洗う。水で目が浸《し》みる時もある。でも髪を切りたいから洗わないわけにもいかない。

髪を切り終わった頃になれば、タオルはとうにびしょびしょになってしまったのだった。

映画編集のマナー

劇団ひとり

初監督作品『青天の霹靂』がついに完成した。撮影を終えたのが去年の夏なので、撮り終えてから実に半年近くも経とうとしている。普段、テレビの仕事をしていると撮影から放送までそんな期間が空くことはなく、遅くても1か月、早ければ3日後に放送なんてこともあるので、ここまで長期間になることに驚いた。

撮り終えてまず映像の編集。懇切丁寧にカットを繋ぎ合わせ、それを東宝の人間にお披露目するラッシュという儀式があり、「あれいらない」とか「テンポ速すぎ」とか「劇団ひとりが映ると冷める」などありがたいお言葉を耳が痛くなるほど浴びせられ、言われたことを踏まえたり踏まえなかったりして、編集をし直し、再びラッシュを行い、それを計4回やることになる。回を重ねるごとに人間が増えて行き、最終的には東宝の役員クラスから顔も見たことないような不審人物までが首を揃え、裁判の傍聴人のような眼差しでスクリーンを見つめる。当然、皆が作品を少しでも良くするために集まってくれているのだが、監督の心情としては被告人さながらである。なるべく反省した面持ちで刑を軽くしてもらう事に徹し、どうにか無事に釈放された。

その映像編集が全て終わると、そこから音の作業に入る。劇中で使用する音楽もこの時に発注するのだが、これには苦戦した。なんせ、音楽の知識など皆無なのでイメージしているものを言語化して伝える術がない。それでも最初の内は頑張って音楽家の先生に「この場面では主人公の気持ちが……」など説明していたが、最終的には「もっとブワワワ～！　ってなってチョロ～ンって感じです」と難解な説明でご迷惑をお掛けしてしまった。

音楽はもちろん効果音も付けなければならない。今回、初めてその作業をして驚いたのだが、ふだん何気無く見ている映画のほぼ全てのシーンに効果音があるということ。車が遠くで走っている音、紙がすれる音、風が吹く音、全てが効果音。厳密には分からないが、耳に入ってくる音の内、半分は編集で足されたものだと思って間違いない。しかし、不思議なものである。撮影の際、音声さんはそれこそ足音一つだって雑音が入ることを嫌い、犬が吠えていたら「犬を黙らせて！」と声を荒らげ、助監督が飼い主に頭を下げるような苦労までして撮ったその場面に、いざ編集になると「ちょっと犬の鳴き声を足しましょう」と率先して雑音を足していくのだ。

そんなこんなで完成した映画だが、さらに公開は3か月後の5月下旬。ここからどんな作業をするのかと言えば、宣伝活動に他ならない。お気付きかもしれませんがまさにこの原稿がその第1弾です。どうぞ皆様、宜しくお願いします。

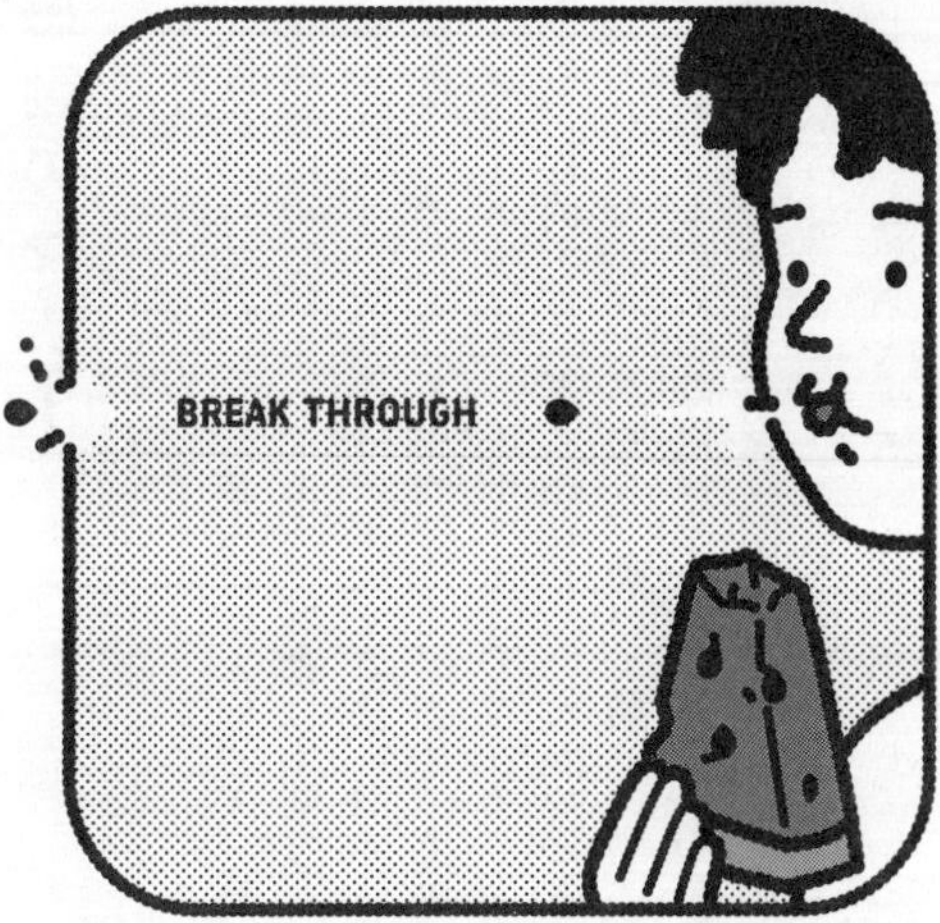

こころを
澱ませない
マナー

感動のマナー

町田康

人間にとってなにが一番大事かといって、感動ほど大事なものはないように思う。なぜなら、感動は美しいからである。感動は素晴らしいからである。

皆でスポーツ大会をみていたところ、日本人選手が一位になった。ここで感動せずにどこで感動するのだという場面である。当然、感動する。隣の人と抱き合う。ハイタッチをする。ガッツポーズをする。嗚咽《おえつ》する。号泣する。頭を掻《か》きむしり大地へ突っ伏して転げ回る。悶絶する。昏倒《こんとう》する。真に感動しているのでどさくさに紛れて女の子の乳を揉むような痴《し》れ者は一人もいない。心が動く。動いて動いて動きまくる。実に美しい。実に素晴らしい。

とはいうものの実際にはそううまくいかぬ場合も多い。なんとなれば、その競技に興味が薄くて感動できなかったり、元来、あまり感動ということをしない気質だったりする人が稀《まれ》にあるからだ。

しかし、だからといって、皆が感動しているのにひとりぼんやりしているのは、皆の感動に水を差すようで少々ぐつが悪い。なので、そういう場面では調子を合わせて感動するのが大人のマナー・嗜みであると僕なんかは愚考する。といって、嘘をつけ、心を偽れと言っているのではない。感動というのはそんな甘っちょろいものではない。

ではどうすればよいのか。本当に感動すればよいのである。というと、そんな簡単に感動できるのか、と思う人も多いだろうが、それは大丈夫で、とりあえず、「うわっ、すっげー」とか、「やったー」とか、「おおおおおっ」とか、声に出して言ってみる。そうすると、アラ不思議、どういう訳か、巌《いわお》のように動かなかった心がどういう訳か立ち上がって膝の曲げ伸ばし運動のようなことを始め、ふと気がつくと、少しばかり感動し始めている。なぜそんなことになるかというと、人間はキホン感動を気色のよいことと感じるからで、普段から感動しにくい人でも、ちょっとしたきっかけさえ与えてあげれば、驚くほど簡単に感動してしまうからである。そうなるとしめたもので後はいくらでも感動できる。なぜなら人間は自分が感動していることに感動できるからで、今度は自然に声が出る。涙が流れる。隣の人と抱き合う。一瞬、乳を揉みたくなるが揉まない。美しい。素晴らしい感動の輪が広がり、日本人であることに、自分が自分であることに感動し、それ以外のことはなにも考えられなくなって、つか、なにも考えないでよいような気分になって気持ちがいいことに感動する。このように感動は素晴らしく、やはり最低でも日に三回は感動したい、と念願する自分の感動の嵐が丘にヒルクライム。

とっさの一言のマナー

三浦しをん

　先日、歌舞伎を観にいった。私の席は通路から数えて三番目で、通路がわの二席には、おばちゃんたちが座っていた。休憩時間にトイレなどに行きたいと思ったら、おばちゃんたちの協力が必要な位置関係だ。

　ところがおばちゃんたちは、自席のまえに特大の紙袋を置いている。私は席へ出入りするたび、たいそう恐縮して「すみません」と言い、紙袋をどけてもらっていた。おばちゃんたちはそのつど、「ちっ」て感じであった。『ちっ』じゃねえ。どけるのが手間だってんなら、荷物はロッカーにでも預けてくればいいだろ、ごるぁ」と思わなくもなかったが、ひたすらへこへこして道を空けてもらう。

　しかし事件は起こった。おばちゃんの一人が紙袋を持ちあげてくれたのだが、足は引っこめ忘れたらしい。その足を、私は踏んでしまったのである。言い訳になるが、踏んだといっても爪先をごく軽く、だ。「ごめんなさい！」とすぐに謝った。だが、おばちゃんは大声で、

「いたたたた、足に乗っかられちゃったわよ！」

と周囲にアッピール。アフリカ象か四トントラックが足に乗ったと言わんばかりで、失礼しちゃうわ。そんなアッピールをする反射神経を、素早く足を引っこめるほうにこそ使ってほしかったぜと思いながらも、私がおばちゃんの足を踏んだのは明白な事実なので、「本当

に申し訳ありません」と再度謝る。おばちゃんは私を無視し、飴など食べはじめた。

電車のなかで足を踏まれても、なかなか「いたたたた」と表明はできないものだ（たとえ、足の甲に穴が空くかと思うほどの激痛だったとしても）。こういう「とっさの一言」を体得したいと願いつつ、果たせぬまま身のうちに溜まっていく言葉がある。私だって本当は、「まあ、そんなに痛かったですか。すみません。舐めて癒したく存じますので、靴と靴下を脱いでいただけますか」と、いやみったらしく言ってやりたかった。それでもおばちゃんがひるまなかったら、「もう勘弁」と泣いて頼んでくるほどベロンベロンに舐めてやる覚悟はできていた。しかし、言えない。「軽く踏まれた」を、とっさのうちに「乗っかられた」まで拡大解釈するような言語能力保持者には、どうがんばっても太刀打ちできそうにない。

だがまあ、相手を糾弾するために発するとっさの一言は、たいてい品に欠けるものなので、そんな一言は繰りださずにおくのが正解なのだと自分に言い聞かせる。あとになって悔しさがこみあげ、奥歯がすりへるほど歯ぎしりしてしまいますが。おばちゃんはきっといまごろ安眠している。ちぇぇ、やっぱり口惜《くちお》しい！

笑いのマナー

髙橋秀実

テレビのお笑い番組を観ていると次第に苛立ってくるのは私だけだろうか。笑いというより「お笑い」業界の楽屋ネタばかり。それぞれがキャラを立て、キャラをあげつらう。欠点を嘲《あざけ》り、つまらなさを茶化したりする。飽きると、人を入れ替えるわけだが、やはり似たようなキャラが出てきて、同じことを繰り返す。こうしたやりとりを「いじる」「いじられる」などというそうだが、それは「いじめ」と同根で、はっきり言えば、面白くもなんともない。お笑いブームといわれて久しいが、ブームとは裏腹に現実には笑い声が減っているような気がしてならないのである。

笑いとは、一種の呼吸法である——。

先日、私は「笑いヨガ」というものを学び、そのことを実感した。人はおかしいから笑うのではなく、笑うからおかしくなる。笑うと自分もまわりもおかしく思えてくるのである。この原理を私なりに説明すると、まず大きく息を吸い、口を閉じて口から息を吐こうとする。当然吐けず、やがて、

「ぷっ」

と吹き出してしまう。この「ぷっ」こそが笑いの源泉。「ぷっ」に続いて息を吐き続けると「ぷっぷぷぷぷ」などという妙な音が出て、全身がひくひくしてくる。肉体に起きる波動

のようなもので、そのまま大きく口を開ければ大笑いに展開できる。鼻から息を出してしまうと文字通り「鼻で笑う」ことになるが、口で笑えば大笑いになる。通常、私たちは何かおかしいことを見聞きした時に「ぷっ」と吹き出したりするが、実は「ぷっ」と吹き出すこと自体が、おかしみを生み出すのである。

日常生活に応用すると、例えば、請求書を見る。高額な請求に思わず息をのむ。息をのんだままでいると絶望感にのみ込まれてしまうので、そこで「ぷっ」と吹き出す。自らの意表も突くこのヘンな音を聞くことで自分に対して客観的になれるのだ。そして実際に笑ってみると、何やらすべてがおかしく思えてくる。つまり「息をのむ」というのも吐くため、つまり笑うための予備動作で、そもそも笑いとはショッキングな出来事に対する自己防衛反応ともいえるのである。

お笑い芸人の影響かもしれないが、最近、面白い話ができなければ人気者になれないと気に病む人が多いようである。しかし面白い話などなくても、人は息をしているだけで笑える。馴れ合うのではなく、いつも初対面のつもりで息をのむ。にらめっこもそうだが、何もしない顔というのが一番面白い顔で、ただ見ているだけでも「ぷっ」と吹き出せる。渡世はままならず、私たちはいつでも笑える状態にあり、あとは「ぷっ」と吹き出すだけでよいのである。

心の強化のマナー

町田康

この文章を読んでいる、頭脳に腐敗したハンバーグとハローキティが充満したクソカスゴミ人形の皆様方、お元気ですか。元気だったら、御免《ごめん》なさい、おまえのような愚かで鈍いスルメ人間が生きていてもCO2を無駄に排出するだけなので吉日を選んで目を嚙んで死んでください。よろしくお願いします。

と言ったら多くの人が驚くであろうと思う。なぜならそれがあまりにも手ひどい罵倒であるからであるが、こうした罵倒、悪態、悪口雑言は、これを避けるべきで、なんとなればそんなことを言ったら人の心が傷ついてしまうからである。しかし、言霊の幸ふ我が国において、それを避けるあまり、人を傷つけるような言葉に対して人々が免疫を失っているのも事実である。心も身体も一度も傷を受けずに強くなるということはあり得ない。成長をたわめるような傷は好ましくないが、傷から回復して初めて人は真の強さを獲得するのである。

なので、一見したところはマナー違反のように聴こえる罵倒や悪態はあえてこれを口にするのが真のマナーであると言える。

例えば、会社の同僚に、誰がみても仕事のできないクソカス野郎がいて周囲に迷惑を撒《ま》き散らしていたとする。普通は、心の底ではそいつのことを口をきわめて罵倒したいと念願するも、そういうことは人の心を傷つける行為である、と思って我慢をするが、むしろそれがマナー違反であり、社会全体が、強さ、を獲得するためには、あえて、心を鬼にしてその者を、「ポンカンの従者。ミジンコの性奴隷」などと罵倒するのがかえってマナーと言えるのである。

というのは理由のある罵倒であるが、社会の表面が優しさに充ちたため、すべてネガティヴな感情がバックグラウンドに回り、陰湿化、いじめが恒常化したような社会においては、格別の理由がなくとも、刺激的な言語というものを用いて、人の心を強化する必要があり、気楽なメール文などは、それを試みるのにもっとも適しており、「忙しいのにメールを送ってくださったクソ間抜け様、御無沙汰しています。せっかく御無沙汰していたのに、くだらないメールが来たためあなたの不愉快な顔を思い出してしまい、死にたいような気分になってしまいました。私はまだ死にたくありませんので、そっちが死んでください。よろしくおねがいします」といったようなメールは実に有効である。

という意味のことを昨日、回転寿司をつまみながら友人に話したら、「しょうむないこと言うな、ボケ」と言われたので、「じゃかましいんじゃ、カス」と言い返して、その後、殴り合いになった。やほほ。

編み物のマナー

津村記久子

閉幕したソチ五輪、スノーボード男子スロープスタイル決勝のスタート地点で、フィンランドのトンテリ選手のコーチらしき人が編み物をしていたことが話題になっていた。また以前、百貨店の手芸コーナーのカウンターの隅で、不意に現れた女の人が洗濯物を押し洗いするような手付きでざくざく編みかけの作品の続きをやっつけて、数秒後に立ち去る、という状況に出くわしたこともあった。店員さんか教えに来た先生かはわからないのだが、彼女は険しい顔をしていて、怒っている、と言っても過言ではない様子だったのが印象的だ。五輪のスタート地点で編み物。怒ってちょっとだけ編み物。いったい編み物とは何なのか、と疑問に思い、五輪で編み物を目撃した次の日から自分でも始めてみた。

とはいえ実は、大学生の時にかぎ針編みをやってみようとして腰を悪くしてしまって以来、編み物が怖い。なので、母親も祖母も、編み物をよくする人であるものの、自分はやるべきではないと思っていた。小さい舟型のシャトルという器具を使うタティングレースは好きだが、編み方が違いすぎて、やはり母親や祖母のやっていた「編み物」とはかけ離れているように思える。

初心者向けの記事を検索し、とにかく編み始めた。最初の三時間ぐらいは、「なんのことだかわからない……」と絶望的な気分だったのだが、とりあえず表編みまがいのことができるようになるとどんどん編むようになり、休みの一日を使ってマフラーを作った。ガーター編みしかできないし、哀れな仕上がりだが、さらに編みたいと思う。最初なので、地味な茶色の毛糸を使ったけれども、次はきれいな色の毛糸で作ってみたい。

きれいな色の毛糸というと、祖母が最後に編んでいたものを思い出す。ハンカチぐらいのサイズの四角いものが二つで、祖母の定位置であるテレビから少し離れた位置によく編みかけが置いてあった。深緑と山吹色とワインレッドと、焦げ茶と赤茶と白のグラデーションの毛糸のものだったと思う。それが何かつくづく不思議だったのだが、祖母は耳が遠くて気難しかったため、尋ねることはなかった。いつか訊けるだろうと思っているうちに、祖母は亡くなった。自宅で祖母が亡くなった時に、母親はずっと、その半端な大きさの四角いものを肩に羽織って警察の人と話していた。茶色の方だった。

今になってなんとなく、あの四角いものの正体がつかめたような気がする。きれいな毛糸を手に入れた祖母は、編み図を参照するのは面倒ながら、とにかく手を動かしてみたかったのではないか。だからあれは、祖母の編みたい気持ちの結晶のようなものだったのだ。これから毛糸を買い求めながら、わたしは祖母のことを思い出すのだろう。

ルールのマナー

町田康

誰かがどのように考えても納得のいかぬ言動をとっている。しかし、それを罰する規則はない。しかれども苛立って仕方がないし、それによって実際的な不利益も蒙《こうむ》っている。という場合、これをどのように懲らせばよいだろうか。

規則に違犯している訳ではないので理非をもって断ずることはできない。

そういう場合のためにマナーというものがあるのじゃないか。そりゃ、マナー違反だ、と言ってたしなめればよいじゃございませぬか、というご意見はごもっともであるが、しかし、誰がどのように考えても納得のいかぬ言動をとって恬然《てんぜん》としているものにマナーなどという高尚な概念が理解できる訳がない。

ならばどう言えばよいか。それは僕は、ルール違反、と言えばよいと思う。というと、それ規則違犯とどこがちゃいますの？　と根問いをする人があるやも知れないが、申し訳ない、違う。

どこが違うかというと、ルールには二種類あって、ルールというのはそもそもｒｕｌｅという外国語であるが、これを規則と訳せる場合と訳せぬ場合があり、このふたつは似ているがまるで違うのである。

規則と訳せるルールの場合は右に言った通りで使えない。しかし、規則と訳せないルールの場合は大いにこれを使える。と言ってもそのニュアンスがわかりにくいかも知れぬので実地にやって見ると、まず、ちょっと被害者的な感じで口を尖《とが》らせる。尖らせたうえで頰も若干膨らませて、絡み付くような、ねちっこ目の声で、「そりゃあ、そりゃあルール違反でしょう」と言う。

さも呆れたという風に言うのも吉である。

この技法をマスターすれば、どのような場合でも、法や規則を振り回すことなしに相手の非を咎《とが》めることができる。無闇に法や規則を振り回さないのはいうまでもなく大人のマナーである。

大家がみなが啞然とするような愚作を発表した。大家は大家なので業界の人はたれもこれを批判しない。ところが調子こきの飛び上がり者が得意気にこれを批判した。こういうバヤイこそ、これを使ってほしい。

「あの先生を批判するなんて、そりゃあ、ルール違反だ」

ちょっといい感じのバッグを持ってる奴がいたので借りパクしたら、「返せ」と言ってきた。こういう場合にも使える。

「友達同士で、返せ、なんて、はっきり言ってルール違反だよ」

というこれまでの文章を読み、こんなことを新聞に書くのはどうなんだろうか、などと苦情を言う人があるかもしれないが、もちろんそれもルール違反なので、やめていただきたい、と思う。

放吟《ほうぎん》のマナー

三浦しをん

以前、カネフスキーというソ連（当時）の監督の映画を見て、登場人物がよく歌うことに感銘を受けた。べつにミュージカル映画ではない。街角や荒涼とした大地を歩くとき、かれらは歌を口ずさむのである。「歌うことで体をあっためようという、寒い土地ならではの生活の知恵なのだろうか」と思ったものだ。

ところで拙宅の裏は、やや幅の広い、しかし夜になるとほとんどひとけも車通りもない道路に接している。

この道路からしばしば、深夜に高らかなる歌が聞こえてくる。「放吟」という言葉にふさわしく、気持ちよさそうに大声で歌っている。声から推測するに、同一人物ではない。さらに言えば、九割五分が比較的若め（せいぜい三十代ぐらいまで）の男性だ。

どうやら、夜間にひとけのない道に差しかかった途端、気持ちが高揚し（あるいは気持ちが大きくなり）、思わず歌っちゃいたくなるようなのだ。一日の仕事を終え、どこかで一杯ひっかけた帰りで、開放的な気分になっているのかもしれない。

拙宅があるのはロシアではなく東京だ。特別寒くはない。にもかかわらず、歌声は冬ばかりか夏も聞こえる。映画を見て十五年は経つが、私は認識を改めるに至った。気温に関係なく、ひとけのないちょっと広い場所に来ると、人間（特に男性）は歌うようにできているらしい、と。

問題は、拙宅の裏をよぎる歌声が、どれもこれも大幅に音程を外していることだ。朗々とした歌いぶりから、EXILEの人気曲を再現したいんだろうなとかろうじて忖度《そんたく》することはできるが、調子っぱずれの昭和歌謡とリズム感皆無のヒップホップのドッキングみたいな、音感のまるでない僧侶の読経のごときものになっている。

先日、父が拙宅に来たとき、またも窓の外を歌声が通り過ぎていった。

「この道を夜に通るひとは、なぜかよく歌うのよ」

私のぼやきに対し、父はこう言った。

「さびしいと歌うんだ」

せっつかないかぎりトイレットペーパーの交換もしないほど気が利かない男のくせに、思いがけず文学的な返答で驚く。

しかし、きわめて納得がいった。カネフスキーの映画にも、深夜にひとけのない道を歩くひとの胸の内にも、根源的なさびしさがたしかに宿っている。

音程が外れちゃったとしても、べつにいいではないか。さびしいときは高らかに歌おう。孤独が夜空の彼方へ溶けるまで。だれもいない道だと思って油断してたら、宵っ張りのひとが家のなかで、「またエセEXILEが通りよった」と笑いをこらえていた、という可能性もあるが、気にすることはない。

裏切りのマナー

佐藤優

旧ソ連崩壊前後の政争で裏切りを何度も目撃した。共産党に忠誠を誓っていた忠実な官僚が、崩壊後は、反共路線を掲げたエリツィン大統領の側近となった。こういう裏切りをした官僚が過剰なほど反共的になった。そして共産党に露骨な弾圧を加えた。

こういう裏切り行為はとても醜悪で、見ていて気持ちが悪くなった。

2002年のちょうど今頃、鈴木宗男疑惑の嵐が吹き荒れていたときに複数の外務省幹部から、「君は鈴木宗男の側にいたから、あいつの秘密や弱点を暴露しろ。宗男攻撃の先頭に立てば生き残ることができる」というささやきがあった。私は、「ご配慮には感謝するが、そういう下品な話に乗るのは断る」と答えた。激動期のモスクワで、盟友を裏切った人は、いつもおどおどした人生を送ることになり、結局、幸せになれないことを知ったからだ。

その結果、「鬼の特捜」（東京地方検察庁特別捜査部）に逮捕され、「小菅ヒルズ」（東京拘置所）の独房に512泊することになったが、人生で得難い経験をしたと思うことにしている。

独房では、罪証湮滅《いんめつ》の恐れがあるということで、接見等禁止措置がとられた。弁護士以外と面会、文通ができないのみならず、新聞の購読も認められなかった（ちなみに東京拘置所では2紙の購読が認められている。その中にわが読売新聞がはいっているので、囚人はこのコラムを読むことができる）。家族や友人と会ったり文通できないこと、拘置所の麦飯（いわゆる臭い飯)、独房に1日座りっぱなしの生活、検察官による厳しい取り調べ、手錠と捕縄をつけての法廷への連行などについては、それほど苦しい思いをせずに耐えることができた。

ただ、どうしても耐えられなかったことがある。弁護士から差し入れられた検察官面前調書(いわゆる供述調書)で、外務省の盟友、直接面識のない同僚、親しくしていた学者がいずれも検察庁に迎合し、私を厳しく処断するように検察庁に求める供述を読んだときの衝撃だ。裏切られるということの意味を皮膚感覚で理解した。裏切りにマナーは存在しない。

裏切り者と敵は、似て非なるものだ。敵との間に信頼関係は存在しない。これに対して、裏切りとは、当初、存在していた信頼関係を反故《ほご》にすることだ。そこから受ける心理的打撃はとても大きい。

インテリジェンス(諜報《ちょうほう》)の世界に裏切りはつきものだ。そこで、某諜報大国の専門家に「裏切られたときにどうやって心を癒やす」と尋ねた。その専門家は、「犬や猫や小鳥などの小動物を飼うことだ。小動物は餌をやり、トイレを掃除する人間との間に構築された信頼関係を決して裏切ることはない」と答えた。

世渡りのマナー

感謝のマナー

町田康

実るほど頭《こうべ》を垂るる稲穂かな、なんてなことが言ってあるが、まことにもってその通りだと思う。人間というものは常に謙虚であらねばならない。というと、別に俺は実っていないので、謙虚にしない。っていうか、こんな格差社会で謙虚にしていたら死ぬ。俺は傲慢に生きる。という人が出てくるかもしれぬが、それは天辺《てっぺん》から誤り、実るから謙虚にするのではく、謙虚にするから実るのである。

ということで謙虚にしていると、今度、自然に感謝する気持ちが生まれてくる。これが大事だと俺なんか思う。

人間というものは一人で生きている訳ではない。多くの人に支えられて生きている。人だけではない。水や空気がなければ人間は生きておられない。自然の恵みがあって初めて人間は生きていられる。それらに対する感謝を忘れていたら実らない、出世ができない。

しかし、ただ無闇に、ありがとう。と言っていると逆に嫌味に聞こえ、相手を傷つけてしまう場合がある。

例えば、人に千円あげるからおいしいうどんを作ってくれ、と頼み、作ったのはよいが首を傾《かし》げるほどまずい素うどんが出てきた。にもかかわらず食べ終わって、千円を渡し、ありがとう、と言ったら相手はどんな気持ちになるだろうか。なにか、後日、復讐されるか呪われるのではないか、みたいな不安な気持ちになるに違いない。

そんな相手の気持ちを考えずに自分さえ感謝して実ればよい、出世をすればよい、というのはまことにもって自分本位な考えでマナーに悖《もと》る。

ではそういった場合、どう言えばよいかというと、気づきをありがとう、と言えばよい。つまり、うどんを作ってくれたことに感謝するのではなく世の中には千円もとっておきながらこんなまずいうどんを出して恬然としているクソ野郎がいるということを教えてくれて、ありがとう、と言うのである。

そのように考えると世の中というところは気づきに満ちており、いくらでも感謝できる。信じられないクソ野郎や呆れるほど自分本位な奴や死ぬほどくだらないテレビ番組。そんなものすべてに感謝できるのである。また、そうして感謝できることにも感謝しなければならない。

猿が踊っているのに感謝。箸が転んだのに感謝。ベニバナアブラに感謝。とにかく感謝しておればよいのである。

そして、こんなアホ丸出しの文章を書き、このアホに比べてたら自分はいくらかはマシだ、と思わせてくれた私にも感謝しろ。と、書いたら心が非常に傷ついたので、それに感謝しようと思ったがあまりできなかった。

距離感のマナー

穂村弘

　会社員時代のこと。コピーを取っていると、背後にぴったりと張りつく先輩がいた。順番を待っているのだ。もうちょっと離れて待てばいいのに、と思う。でも、彼にとっては鼻息のかかる距離が自然であるらしい。私が若い女性とかなら接近の理由もまだわかるけど、意図がみえなくて怖ろしい。そんなに近づいて先輩に一体どんなメリットがあるのですか。

　逆のパターンもある。近所のコンビニエンスストアの女性店員は、いつもお釣りを空中で手放すのだ。ぽとんぽとん、と掌《てのひら》に落ちてくる。その間ほんの数cm。でも、やられた方は気がつくものだ。ああ、僕の掌に触れたくないんだな、と。

　会社の先輩のときとは違って、彼女の気持ちはわかる。でも、こちらは確実に悲しくなる。ちらっとその顔をみると、なんと満面の笑顔。うーん、笑顔は離れたままで作れるからなあ。

　このように人間同士の距離感は数cm単位で意識化される微妙なものだ。そして、現代を生きる我々は高度なレベルでそれに対応している。

　例えば、電車が少しずつ混み合ってくるとき、一駅ごとに変化する状況に応じて、乗客の一人一人がちょっとずつ位置や向きを変えて、少しでも快適な環境を作るようにする。互いに相談することもなく、自然に、瞬時に。まるで生きたパズルのようだ。

　たまに一人だけ動きが変な客がいて、おや？　と思うと、外国の人。なるほど。やっぱり対人的な距離感って環境によって刷り込まれるものなんだ。彼の国に行ったら、きっと私の動きの方が変になるんだろう。そういえば車の運転などでは、東京から大阪に行っただけでも周囲との感覚のズレを感じるものだ。

去年、病院の待合室で一人のお婆《ばあ》さんと一緒になった。彼女が大きな声で延々と身の上話を続けるので、周囲の我々は相槌《あいづち》を打ちつつ、ちょっとだけ困っていた。やがて、お婆さんは呼ばれて診察室へ。ほっとしていると、中から声が聞こえてきた。

「先生、私、今日、誕生日なんですよ」

「そう、おめでとう」

「90歳」

「じゃあ、お祝いに爪を切ってあげよう」

え、と思って聞き耳を立てていると、ぱちんぱちん、という音が聞こえてきた。

凄い、と思う。自然にこんなことができるなんて、このお医者さんは対人的な距離感の達人だ。思いつかないよ、誕生日のお祝いに爪切りなんて。お婆さんの表情が目に浮かぶ。一生忘れないだろうな。先生のこと、死ぬまで大好きだろう。いや、これで3か月は寿命が延びたんじゃないか。

私の番になったら、云ってみたい。「あの、僕も誕生日なんです」。先生、僕には何をしてくれるだろう。

根回しのマナー

佐藤優

根回しは、日本人特有の文化で、物事を公の場で決めない、不透明で卑怯な行動であるという誤解がある。現役外交官時代、私はロシアやイスラエルの政権中枢と付き合ったが、仕事のほとんどが根回しだった。一緒に食事や家族旅行をすることで、信頼関係を高め、難しい問題を裏口から処理した。

あるとき「インテリジェンス（諜報）の神様」と言われるイスラエル政府高官に、テルアビブの深夜レストランで一杯やりながら、「米国人は根回しを嫌うそうですが、どうやってロビー活動を行っているのですか」と尋ねたら、「君はインテリジェンス工作の本質がよくわかってないね」と笑われた。そして、高官はこんな話をした。

「米国の社交クラブやホームパーティーはすべて根回しの場だ。公開された場所での自由な討論で物事を決めるなどという建前に騙されてはならない。米国でもロシアでも、そして恐らく日本でも、重要な意思決定は、根回しをした後で行われる。ただし、米国では根回しの姿が外から見えないように細心の注意を払うという文化がある。それだから、米国社会を表面的にしか観察していない外交官には、根回しの実態が見えないのだ」

確かに米国でロビイストやコンサルタントという職業が成り立つのも、根回し文化があるからだ。

どの国家や社会にも存在するマナー。つまり根回しの本質は、事前に正確な情報を交渉の相手方と共有することだ。理想としては、相手がこちらの立場に同意してくれることだ。同意してくれない場合、積極的反対はしないという可能性を探る。それもだめな場合は、反対の度合いを緩めてもらう。情報を事前に提供することで、何が問題になっているかという土俵が出来る。仮に相手と合意に至らないとしても、根回しをしてあれば、本交渉で事実に基づかない感情論の応酬を避けることができる。

永田町（政界）において、根回しは決定的に重要だ。「俺は聞いていない」という永田町の業界用語がある。これは、単に聞いていないということではなく、「お前は、俺を根回しをする対象でない、力のない政治家と考えているな。それならば、この案件は全力で潰してやる」という意味だ。

「俺は聞いていない」（永田町言語）とは、「私は反対だ。絶対に認めない」（一般言語）ということである。有力政治家が「俺は聞いていない」というと官僚は震え上がる。

情報は力だ。事前に正確な情報を得ることが力の源泉になることは民間においても変わらない。実際には狡猾《こうかつ》な根回しをしていても、外から見えないようにする知恵をつけることだ。

目線のマナー

町田康

視点、という言葉がある。辞書によると、物事を見たり考えたりする立場。観点。ということらしい。同じ意味の、視座、という言葉もある。

しかし、そういう言い方は、いまの時代に似つかわしくない。なぜなら、視点・視座、と言った場合、その立場が固定的というか、その立場に立ってしまった以上、そこを動けないというか、そこにいることに一定程度の責任を負わなければならない、という感じがあるからで、この困難な時代に、いちいち責任を取っていたら疲れるし、嫌な気持ちになってポジティヴに生きていけなくなる。また、動けないとなると、コンビニにも日サロにもキャバクラにもいけず、それはそれで、悲しいような苦しいような、厭な気持ちになるのである。では、どういう言い方をすればよいのか。一言で言う。

目線、と言えばよいのである。

どういうことかというと、視点・視座、というのが右に言ったように固定的であるのに比して、カメラマンが握り拳を作って、軽い調子で、「目線、くださーい」ということからも容易に知れるように、目線、は可動的で、そのときどきの都合によって如何様にも移動できる。こっちの目線がよろしくないとなると、じゃあ、こんだ、こっち。それもダメなら、こんだ、こっち。と瞬時に変更でき、具合の良いところでカメラマンが、「いいね、いいねー。

ビューティフー」とか言ってシャッターを押してくれるのである。

なので、これからは視点・視座なんてモタクサした言い方をするのではなく、使い勝手のよい、目線、という言い方をするべきなのであーる。

などと大声で言う必要がないのは、もはや世間で視点・視座なんて言う人がなく、目線、という言葉が完全に定着しているからである。

しかし、目線にはひとつだけ、絶対にやってはならないマナーがあり、それはあまり知られていないようなので一言だけ申し上げる。それは、俯瞰の目線、鳥瞰の目線で物事を見たり考えたりしてはならないというマナーである。それはマナーというより禁忌なのかもしれない。

すなわち、目線というのは、その特質上、低ければ低いほど尊いのである。そして、高ければ高いほど無礼なのである。

なので、いまの世の中では目線が低ければ低いほど礼節を知る立派な人とされ、目線の高い人は尊大で無礼な人とされる。そのうえで、国民目線、なんて言う人は逆に国民を低くみているのではないか、なんて思うが、それはそれとしてとにかく、すべからく目線は常に低くあるべし、というのがマナーである。

なんて、偉そうに言うのは、上目線、と言ってもやってはならないマナー違反である。呪われよ、偽善の律法学者&俺。

田舎のマナー

髙橋秀実

富山の方言で、バカのことを「だら」という。妻の実家がある関係で私は毎年1ヵ月ほど富山で過ごしているのだが、私も「だら」と呼ばれている。なんとなくバカにされているような気もするのだが、よくよく考えてみると、「だら」でない男はあまりいない。なんでも「だらがかる（バカのふりをする）」という言葉もあるくらいで、「だら」とは一種の処世術。田舎で暮らすマナーのようなのである。

例えば、私が庭でのた打ち回るように雑草を抜いていると、通りを行く人々に、

「大変やね」

「そんなにムキになってやったら腰痛めるけに」

「なんならウチのバイトにやらせましょうか」

などと次々に声をかけられる。雑草刈りが機械化されている今日、私のように慣れない手つきで雑草と格闘する人などおらず、はっきり言えば「だら」なのだ。雪かきにしても私は一気に大量の雪をかいて持ち上げようとするので、ひとり相撲でも取っているかのようになる。地元の人たちからすれば、自然の厳しさもなんにもわかっていない完全な「だら」。しかし、その「だら」ぶりのおかげで私は存在を認められているように感じるのである。

地元の人によると、人にものをたずねる時も、だらがかって訊くことが肝要らしい。なん

にもわかっていないバカなふりをしてたずねる。わかったふりなどをすると失敗を招くからである。相手の話が自分の知っていることでも、驚いたりして聞く。そうすることで相手の知識を測りつつ、未知の情報を探るのだ。高齢者になると何度も同じ話を繰り返すようになるが、それでも随時、だらがかって「へえー」と感心したりする。少々我慢を要するが、誰もがにこやかに話ができるわけで、これは田舎というより会話のマナーではないだろうか。

ネットの普及などで昨今は物知り顔の人が多い。何を話しても「そんなこと知っている」という顔をされると、それ以上話す気が失せる。話の途中で、携帯電話か何かで検索を始める人もいるが、それならずっと検索していなさい、と怒鳴りたくなる。会話というものは挨拶と同じで、大切なのは内容ではなく、言葉を交わすこと。言葉が言葉を誘発し、たとえ同じ内容であってもトーンの違いなどを読み取るべきなのだ。

ちなみに「だら」は仏教の「陀羅尼《だらに》」に由来するといわれている。「陀羅尼」とはいうなれば呪文で、これを唱えることで心を集中させ、記憶を保持するためのもの。だらがかって精神を研ぎ澄ます。だらがかった相手に迂闊《うかつ》に失言したりすると末代まで根に持たれる。だらがかった人にはだらがかるしかなく、だからみんな「だら」のように見えるのかもしれない。

配られるマナー

穂村弘

駅前などにティッシュを配るひとが立っていると、緊張する。かなり手前から、ああ、いるな、と思って意識してしまうのだ。できれば忍者のように気づかれずに通り抜けたい。でも、彼らはそこを通らないと目的地に行きにくいポイントをしっかりと押さえている。このまま進むと間違いなく渡される、かといって、あまり露骨《ろこつ》に避けるのも、などとくるくる迷いながら、結局、妙に中途半端なコースをとってしまう。

その結果、わざわざサイドステップとか、無理に手を伸ばすとか、配ってるひとにちょっとだけ頑張らせてしまって、受け取らないことへのプレッシャーがさらに高まる。

「断ろうとするから面倒なんだ。受け取るって決めてしまえばいいんだよ。そうすればあれこれ迷わなくて済む」という意見をきいたことがある。なるほど、とそのときは納得した。

でも、花粉症でもない私はティッシュを使う機会がほとんどない。あいまいな気持ちのまま、鞄《かばん》の底に放置されたティッシュは半年もかけて、少しずつぐじゅぐじゅになってゆく。捨てるにも気合がいるのだ。全部受け取っていたら大変なことになる。

ティッシュを渡そうとするのはあちらの自由。それを受け取るかどうかはこちらの自由。当たり前のルールを脳内で再確認して、受け取らない決意を固める。

しかし、いざその場になると心が揺れてしまう。人間が人間を完全に無視するのは、状況や理由がどうあれ、とんでもなくいけないことのように感じられるのだ。

いろいろ迷いながら、現在のところ、私は「ぺこりとあたまを下げて受け取らない」というパターンを採用している。だが、これも自分自身を納得させるための方便に過ぎない。ティッシュを渡す側からすると、あたまなんか下げてもらわなくても、とにかく受け取ってくれた方が有り難いだろう。あたまを下げるくせに受け取らない偽善者。そう思われているんじゃないか、と不安になる。

ふざけるな。どうして渡される方がこんなにあれこれ考えて、びくびくしなきゃならないんだ。と一瞬、心が燃えあがる。が、続かない。

そんな私も両手に荷物をもっているときは、ちょっとだけ罪の意識が軽くなる。実際にはボウリングの球でも提げているのでない限り、その気になれば受け取れるのだが、しかし、とにかく両手が塞《ふさ》がっている、ということが免罪符になるような気がするのである。

普段ティッシュを配っているひとが、渡される立場になったとき、どうしているのだろう。正解を教えて欲しいものだ。

まなざしのマナー

赤瀬川原平

小学2年生のころだったと思う。朝の登校の途中、いつもこちらをじーっと見つめる小母さんがいた。その家のお手伝いさんだと思うが、裏庭の小屋の陰から、いつもじーっと見つめられた。

それが重なると怖くて、母に訴えた。母はちょっと考えてから、きっとその人はね、ボクと同じくらいの子供を亡くして、それでじっと見ているのよ、といった。

そういわれても納得できなかったが、意味もなく見つめられるのはやはり怖くて、何十年もたった今でもなおその目を覚えている。

学校では、人と話すときには相手の目をちゃんと見ながら話しましょう、と教えられる。でも人の目をじっと見ながら話すと緊張して疲れる。恋人同士、あるいは言い争いをするときならそれもわかるけど、ふつうはあまり相手の目を見つめ過ぎるのは、かえって変に思える。

いつも話が別の方向へずれそうな気がして、話しながらつい目をそらす。話はつづけながらも、いつも5秒くらいで目をそらしているような気がする。気が弱いのかもしれない。

たしかに外国人、それも欧米の人はじっと人の目を見て話すことが多い。たぶん話す用件がはっきりしていて、余分なことがないのだろう。自分を含めて日本人が目をそらしながら話す傾向をもつのは、いつも話の用件がちょっとぼやけていて、余分な尾ひれが多いからではないか。

肉食系と草食系の違いに通じる。肉食動物というのは獲物を捕らえるという強い用件があるから、両眼が正面に並んでいて、目的を達しやすいようにできている。一方草食動物は周囲に生えている植物を触れたものから食べればいいので、両眼はむしろ自分が襲われないように、顔の両端についていて、周囲を広角で見て警戒するようにできている。

そんな違いがあるから、目のマナーは難しい。猿山に行くと「猿の目をじっと見つめないで下さい」と立て札がある。目を見られると、猿は敵意を感じていきり立ってくる。人間界でもその原理は生きていて、ふと見ただけでも「ガンをつけた」といいがかりをつけてくる人々がいる。

そんなこともあるから、草食系の人は、相手と話すにしても伏し目がちだったり、それとなく目をそらしたりしながら話すのだろう。

目というのは身の回りのものを見るために、動物の顔面についている。でもそれがただ身の回りを見るだけでなく、その見ることがいつの間にか表現としても受け取られるようになってきているのは、不思議なことだ。

自分一人だけで生きているならともかく、世の中で生きていると、ものを見る目つきにもマナーがいる。人間だけでなく、動物の目の宿命である。

見ぬふりのマナー

鷲田清一

「見て見ぬふりをする」と「見ぬふりをして見る」というのは、同じことのように聞こえるが、あいだにじつは並々ならぬ温度差がある。

乗客が他の乗客に「迷惑」をかけられているのに、「理不尽」だとおもいながらも、注意した後の展開が怖くて身動きできない。しかたなく「見て見ぬふりをする」。前者の、傍観を決めこむ例である。

家庭の事情で子どもが泣きじゃくりながら通りを駆け抜けるのを見、すぐにでも声をかけてやりたいところだが、その場しのぎの解決にしかならないことを知っていて、だからだれそれとなく、無茶をしないかと黙って遠目に見ている光景。見ぬふりをしてちゃんと見ている例である。

よほどのことがなければ口を出さない。裏を返せば、よほどのことがあればちゃんと口を出す。路地、商店街といった職住一致の生活空間にはそんな近所づきあいが、ありえた。「育てる」などといわずとも、そこにいれば子どもが「見ぬふりして見る」大人たちに囲まれて「勝手に育つ」、そのような場が。

そういうまなざしが充満する空間は、たしかになんとも息苦しい。粘り着くようなまなざしがとにかく鬱陶しくて、子どもはそこから出てゆくことばかり夢みる。が、何層もある集合住宅に一度暮らしてみて、あるときはたと気づいた。見るでもなく、見ないでもない、「見ぬふりをして見る」というグレーゾーンがここではなりたたない、と。

人びとの集住のかたちが、町なかという地べたのものではなくて、ビルという立体のものになると、個々の家は鉄の扉で閉ざされ、内の気配はうかがえない。たがいに顔を合わせるのはたまたま乗り合わせたエレベーターの中でだけ、ということになる。たがいに見るか見ないかのいずれかになり、「見ぬふりをして見る」というグレーな関係が困難になる。

子育てや介護はまわりの大人たちの共同の仕事のはずだ。そこで、地域にグループホームやさらにその横に託児所などを作り、「見ぬふりをして見る」ような関係をあらためて修復しようという動きは、ずいぶん前から始まっている。

そういうなかで、たとえばプロの介護スタッフには「これを知ったらしんどくなる」と直感する瞬間がある。知らないふりをすることでかろうじてできるサービスというものがある。ある割り切りがなければやれない仕事、そこに「全人的な理解」などという過重なものを求めてはいけない。ここでもひとが遠目に見るだけなのは、気の毒だけれど、その割り切れなさを引き受けるだけの容量がじぶんにないことを知っているからだ。

自分は無力だと知ったひとのまなざしは、無力だと知らないひとのまなざしより、おそらくは柔和である。

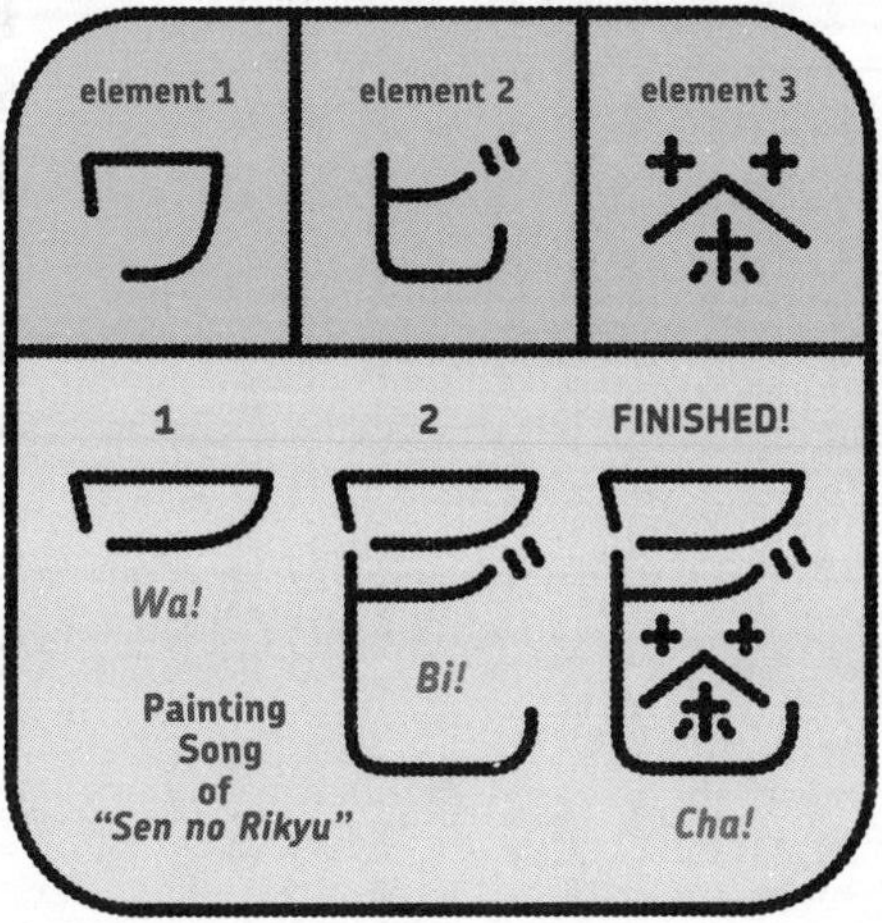
element 1
ワ
element 2
ビ
element 3
茶
1
Wa!
Painting Song of "Sen no Rikyu"
2
Bi!
FINISHED!
Cha!

悟る
マナー

自分取り扱いのマナー

津村記久子

加齢によるものだろうか、自分がこれほど風呂を重要なものと考える人間になるとは思っていなかったのだった。以前は、休日前に遅くまで遊んで帰ってきた日などは、入浴しないまま、疲れて布団の上で横になっているうちに、いつの間にか眠りこけて次の日の昼過ぎまで目が覚めないなどということがよくあったのだが、今は、だいたい寝入って三時間ぐらいで目が覚める。体がしんどくてそれ以上寝ていられないのである。眠って回復する疲れと、風呂でしか回復しない疲れがあるのかわからないけれども、〈寝たのにしんどい〉ということを自覚する瞬間の敗北感と自己嫌悪には大変なものがあるので、今では、どれだけ疲れていても風呂には入れ、と自分に言い聞かせるようにしている。口に出して言うことさえある。疲れて眠いのはわかるが、今はとにかく風呂に入っておけ。夜中の執筆前にも、とにかく入浴して時間と体と精神を区切る。特に長くは入らないので、風呂好きというわけではないだろう。風呂なしには生きていけないだけである。

かなり熱い風呂に入る。それだけでも十分なのだが、疲れ切っている日は入浴剤を入れる。以前は花や果物の香りのものだったが、今は森林とか草の匂いのするものを主に購入して、気分をすっきりさせる。そして、熱いシャワーで頭を洗いまくる。そうすると、意識がはっきりしてくる。

風呂に入らないとダメージが大きいことの他には、口にするものを構成する物質の影響を受けやすいことも挙げられる。何もやる気が起きなくても、紅茶を口にするとカフェインかタンニンのせいなのか、とりあえず活動し始める。ただし甘いものが傍にないと、文章は書かない。体質がわかりやすくなっているのだ。

若い時のほうが無理はきいた。十代の頃は、大して寝ていなくても、あまり食べていなくても、湯舟につからなくても平気だった。今は違う。自分に関する簡素な取扱説明書を作りながら、以前の例のとおりに実行したり、何やら注釈を書き込んでいるような感触を持っている。自分を取り扱うのも、マナーが必要になってきたというわけである。

自分を一冊の説明書にまとめる行為には、心身の可能性の狭まりを感じる。けれど、安堵もするのだ。いらいらしても、落ち込むことがあっても、寝たら、入浴したら、食べたらましになる、もしくは、来週のいつぐらいには立ち直っているということがわかってくる。自分の器の全容が少しずつ見えてくる。十分ほど湯舟に漬けて、紅茶と甘いものを入れてやると、ぼちぼち機能しますよ。未知数のわくわく感はないが、比較的扱いやすい奴なのではないか。

おっさんのマナー

町田康

若い頃は歳をとればひとりでにおっさんになるのだと思っていたが、そろそろ五十という年齢になって、必ずしもそうではないということがわかってきた。もちろん、見た目にはどんどんおっさんになっていく。なりすぎるほどなっていく。ところが中味の方はそうでもないらしく、自分自身で、はい。俺は今日からおっさん、と決めないとおっさんになれない。

だったらおっさんにならずいつまでも若者でいればよいではないか、てなものであるが、そうもいかぬというのは、そうすっと、未熟である、繊細である、意味なく熱い、といった若者の短所と、外見が醜悪である、なんとなく横柄である、若い女に構いたがる／構われたがる、といった、おっさんの弱点が合併して社会に多大な迷惑をかけるからである。

なので、一定程度の年齢になったら自分のなかの若者のOSをおっさんのOSに入れ替える必要がある。というと、いや、俺はまだ○○歳だから、と見苦しい抵抗をするおっさんが出てくるかも知れぬので、一応の目安を示しておくと、文豪・夏目漱石の没年、すなわち、満四十九歳になれば、確実におっさんになっていなければまずいであろう。

そしてさて、ではどうすれば、夏目漱石のような外味も中味もちゃんとしたおっさんになれるのであろうか。髭を蓄え、自分のことを吾輩といえばよいのだろうか。というと、勿論そんな小手先のことはダメで、「吾輩はチュッパチャップスが好き」なんて口走って嘲笑されるのが落ちである。

じゃあ、どうすればよいのか、というと、ここからは地道な作業になってくるが、人生の様々の局面において、あえておっさんくさい、ふてぶてしく、豪胆な話し方、態度でことに臨めば、そうするうち次第にそうすることが快適になってきて、人間の中味が若者からおっさんに入れ替わる。そんなことをしたら周囲に批判されるのではないか、と思うかも知れないが、そんなことを思うことが既におっさんではないのであってそんなことを気にしないでやりたいようにする。というと、なんだそんなことか、と思われるかも知れないが、これを怠り、自然の成り行きに従うと、右に申し上げた、見た目はおっさんなのに中味はセンシティヴなニーチャン、というどうしようもないシロモノができあがり、若者に人気のミュージシャンの顔が印刷されたTシャツを出腹で丸顔にして出歩いたり、訳知り顔で初来日公演時の話をして嫌がられるなどするので注意が肝要だが、右のようにして、意識的にOSを入れ替えれば、ちゃんとしたおっさんになれて、若い女の子にも好感を持たれる、と考えた時点ですでにしておっさんである。大丈夫である。

同窓会のマナー

髙橋秀実

あの時はこうだった、ああだったなどと思い出話に花が咲くのが同窓会である。私が覚えていることを相手は忘れていたり、その逆もあったり、「そう、そう、そうなんだよ」とか言いながらその場で話をとりつくろったり。禿げた頭を横目に見て、時の流れをかみしめつつ、「でも、お互い変わらないよね」などと肩を抱き合ったりするのが同窓会の醍醐味で、それはそれで楽しいのだが、最近なんか疲れる。どこか虚しいというか、何か間違っているような気がしてならないのである。

というのも妻が30年ぶりの同窓会に出かけ、こう挨拶したらしい。

「私のことはご記憶にあるかどうかわかりませんが、あらためてお付き合いのほど、よろしくお願いします」

私は胸を打たれた。同窓会は旧交をあたためるものだと思い込んでいたが、旧交のない人たちもいる。そう、同窓会における最大の恐怖は、自分のことを誰も覚えていないということなのである。

クラスには目立つ人もいれば、目立たない人もいた。本人は目立つと思っていても、周囲はそんなに気に留めていなかったりすることもある。いずれにしても誰も「覚えていない」ということになれば、「いなかった」も同然で存在を消されてしまう。ましてや隣で「覚えている」者同士が昔話で盛り上がったりすればなおさらなのだ。

これはいじめと同じではないだろうか。実際、子供の頃、「シカトする」といういじめがあった。話しかけられても無視する。そこにいるのにいないかのように振る舞う。実に悪質ないじめで、私のような態度は無意識のうちにそれを再現してしまっているのではないだろうか。

覚えているかいないかを問うてはならない。

誰かをよく覚えているから、覚えていない人が発生するわけで、最初から全員「覚えていない」ことを前提に会話すればよいのである。どうしても相手の記憶が気になる時は、「わかる?」と訊く。訊かれたほうは「わかる」、あるいは「わからない」と答える。たとえわからなくても、何十年ぶりの再会なのだから当然のこと。相手が変わったからわからなくなったことにすればよい。それに、記憶があるからといって本人をわかっているとは限らない。私などはつい「お前は〇〇だよね」などと相手のことを熟知しているかのように言いがちだが、実は本人の事情をよく知らず、知らないのに自分の印象で来歴を塗りつぶすのは横暴というものだろう。

たとえ記憶がなくても、同じ所にいたというだけで同窓生はかけがえのない友である。同窓会で新たなお付き合いを始めればよいわけで、昔のことは忘れてあげるのもひとつの友情ではないだろうか。

同い年のマナー

津村記久子

年末に、高校の同窓会へ行ってきた。内輪の友達だけの食事会のようなものではなく、お店の広間を借り切ってやるような堂々としたものである。今でもつながりのある友人とは普段会っているので、純粋に、大人数の同い年の人と同席する状況がどんなものか、体験したかったのだ。わたしは常に、同じ年齢の人が何を考えて、どういう状態にあるのかにすごく興味がある。生まれてからの年数はそんなに基準になるのかと自分でも訝《いぶか》しいのだが、人の心の曲げ伸ばしに作用するものでいちばん重要なのは、時間だと考えているらしい。

やはり、普段よく話していたような人はほとんどいなかったので、一年から三年までのどこかで同じクラスではあったけれども、話したことはなかったな、というような人たちと話した。この距離感がとても面白くて気楽である。よくは知らないけれども全然知らないわけでもなく、同学年であるという前提のもとだし、利害もないので特に遠慮もなく話せる。先方が、自分について小説を書いていると知っていると、こちらは反射的に、ばれた、すみませんでした、という気持ちになるのだが、何か、どうせ小説なんか書いてるかわいそうな子だから、と思ってもらえるのか、こちらが尋ねるままにどんどん話してもらえるのがとてもありがたかった。音楽とお笑いのことしか頭になかったわたしの価値観も変化していて、当時は知り得ることがなかった運動部員の誇りが理解できたし、受験の疲弊のあまりアグレッシブに振る舞っていたと振り返るクラスの男子の気持ちも、わかるような気がした。

男の人はそれぞれの生業を持ってしっかり生きていて、女の人はとてもきれいになっていた。みんな立派だった。わたしはやはり誰よりも物事を知らず、洗練もされておらず、半人前だった。その場にいる人が皆同じ年齢だと、自分の成長の度合いがよく見える。でも同時に、何もかも持っている必要はないと感じた。わたしが持たない特質を、他の誰かが持っていて、その逆もまたある。それでいい。しがらみのない社会の縮図を改めて眺めるとそう思う。たくさんの他者がいるんだから、自分はさして足りなくてもいいのだ。そして皆が、懸命に生活している。

時間の流れは厳しいけれど、そのマナーは残酷でもない。それぞれにいろいろあっただろう。それを同じ時間数だけ受け入れて生きている人があの場に何人もいたことが、わたしには驚きだった。大人数をまとめて大変だったであろう幹事さんや、わたしが好き勝手に質問しまくることに丁寧に答えてくれた同級生の人々に、この場を借りて感謝を述べられたら幸いです。どうもありがとうございました。

病気のマナー

赤瀬川原平

久し振りに「入院」をしてきた。20代のはじめころ胃潰瘍で入院して以来のことだ。正しくは十二指腸潰瘍で、そのとき既に胃袋の3分の2を切り取っている。その手術は半身麻酔だった。直接の痛みはないものの、腹に大穴を開けられ、太い電柱をぐいぐい押し込まれる感じで、脂汗が出た。

今回入院前の検査診療のとき、以前は半身麻酔だったと執刀医に話すと「えっ！」と驚いていた。いまではそんな乱暴、とても考えられないことらしい。でもあの時代、それ以外に方法がないのだから、医師も患者もそこをくぐり抜けてきたわけである。

こんどの入院の前には内視鏡カメラを合計3回のんだ。ちょっとしたポリープならその内視鏡の操作で切り取れるらしいが、自分の胃には「過去」があるので、形の事情もあってちょっとムリらしい。

しかしこんどの検査診療の間「がん」という言葉は一度も聞かなかった。モニターに映る患部を指しながら「このコブは切らないと治りません」というふうにいわれる。そのコブの事情をもう少しはっきり聞きたいが、内視鏡検査を3回も受けるうちには、こちらもその空気を読んで察してしまっているわけである。

でも昔はその空気さえも漏れないようにしていた。本人には絶対に感知させず、陰で家族にだけひっそりと告げていた。それが「がん」のマナーだった。その「秘密」があったので、いくつもの文学が生まれたりした。文学はいつも秘密を抱えて生まれてくる。いまはもうその秘密が消えてしまった。ということは医療技術がそれだけ進歩したということだ。検診中の患部が、モニターに明々白々に映し出されている。この世界では完全に可視化がおこなわれている。

さて治療だが、自分の胃には「過去」があるし、今回はどうしても全摘になるという。全部か。胃にはまだ未練があるのでちょっと躊躇したが、それはもう仕方がない。でも技術的には「腹腔《ふくくう》鏡手術」になるらしい。

腹腔鏡で全摘というと、元ソフトバンク監督の王さんだ。5年前にニュースでそれを知って、そんなことが出来るのかと驚いた。腹腔鏡手術というのはお腹に小さな穴をいくつか開けて、そこから内視鏡を差し込み、モニターを見ながら手術する。50年前なら夢のような方法だ。でも王さんはそれで見事に復活している。そうだ、自分も王さんになるんだ、と思うと自信が湧いてきた。偉大な選手はプレイ以外でも、その存在が力を与えてくれる。

手術は全身麻酔で眠っている間にすべてが終わっていた。50年前と比べたら雲泥の差だ。病気はなるべく遅れて罹《かか》った方がいいらしい。

茶道のマナー

髙橋秀実

作法と聞くと、真っ先に思い浮かぶのは茶道である。

お稽古事の定番でもあるのだが、映画『利休』（勅使河原《てしがはら》宏《ひろし》監督）などにも描かれているように、本来の茶の湯は作法を「作法」と感じさせない。すべての所作が空間に溶け込んでいくようで、まったく気にならず、客人は無意識のうちにもてなされている感覚に包まれ、ポロリと本音を語ったりする。大切なのは作法を見せることではなく、作法を消して対話をすること。千利休の言葉を借りるなら、「主客トモニ直心ノ交」（『南方録』淡交社 昭和50年）になれば、作法については「火ヲヽコシ、湯ヲワカシ、茶ヲ喫スルマデノコト也」（同前）というわけなのだ。

ところが実際の茶会はそうではない。私も何度か招かれたことがあるが、その席は、

「次は何？」

という緊迫感に満ちていた。菓子が出たら誰と誰に礼をするのか。茶碗のほめ言葉にも決まり文句があるそうなのだが、それを忘れて「見事な景色ですね、でしたっけ？」と主人に訊いたりする。畳一畳を六歩で歩くという作法も、歩幅が合わずに踏み込んだ足を後ずさりして転びそうになる。釜から柄杓《ひしゃく》で湯をくむ時も、柄杓を傾けるべきところを水平にくんでしまったために、なみなみになってしまい、どうするのかと皆がじっと見つめていると、

その人はぶるぶるっと柄杓を振って、湯を周囲に散らしていた。茶を点《た》てるというより、お茶を濁すことに専念しているかのようなのである。

別の茶会では指南役の先生がお点前の途中で、正座したままうつらうつらと居眠りに入ってしまった。そうなると「次は何ですか？」と訊くに訊けず、「あれじゃないの」「いやこれでしょ」などと話し合いが始まり、話し合って決めることではないので、カバンから教本を取り出して、皆であれやこれやとページをめくる。作法を消すどころか消えた作法を探し回る。果たしてこれが茶道といえるのだろうかと首を傾げていると、ひとりが晴れやかにこう言った。

「私たちはボケ防止でお茶を点てているんです」

一種の脳トレらしいのだ。それは違うだろうと訝《いぶか》ったのだが、よくよく調べてみると、あながち間違ってはいないようなのである。

茶道の作法を今に伝える『南方録』は、利休の弟子である南坊宗啓《なんぼうそうけい》が記したものとされる。利休はこれを焼き捨てるように命じたが、彼はこっそり残した。なぜ残したかというと彼は物忘れがひどく、「相傳ノコトモホトナクワスレハテンコトロ惜ク」（同前）とのこと。つまり彼自身のボケ対策によって、茶の湯は「茶道」となったのだ。

茶道でボケ知らず。

茶道は記憶の作法というべきか。忘れて思い出して、だから毎回新鮮なのである。

時間の経過のマナー

津村記久子

先日、全国から校内新聞教育に携わる先生方が集まるというイベントで話をしてきた。実行委員長が、わたしの中学時代の理科の先生だったからである。同じく中学の国語の先生と、今は中学校の養護教諭になっている同級生女子と同じ壇上に立った。中学生だった頃のことを思い出して話したのだが、自分がいちばん何も覚えていなかったことが驚きだった。

中学を卒業してから、二十年は経っているのだけれども、先生たちはあまり変わりがなかった。おお、大人になられて、と思うのは、やはり同い年の女の子の方で、しかし、しっかりした彼女と、ぼさっとしたわたしのその場におけるポジション取りそのものは、当時とほとんど変わっていない様子で、すごく安心した。

実際、中学生だった当時はあずかり知れなかった、さまざまな生徒たちの複雑な事情などを聞くにつけ、わたしは自己責任のもと、野放しでぼんやりしていたのではなく、周囲の人々に、いわば放牧のような形でぼんやりさせてもらっていたのだな、ということがよくわかった。たとえば、不良と称されたような子たちの思惑や葛藤などは、違う階層の人たちのことなのでよくわからなかった、とわたしなどはぬけぬけ言ってしまうのだが、そう言わせてもらえることとの裏には、同学年のしっかりした女の子たちの問題に立ち向かう力があったのだった。彼女らが、やけになる同級生を怒ったり宥めたりして、本当に生徒たちがすさんでしまうことを防いでいた。そして、目立つものだからよく先生たちに怒られもしたのだという。女子が強い学年だったので良かった、と今は養護教諭となった彼女が言っていた。先生になると、自分が中学生だった頃に起こっていたことを、より俯瞰して理解できるのだそうだ。

そういえば、大人になってから仲良くなったもう一人の中学の同級生に、「わたしはあの時つむちゃんにいっぱいいろいろ訊いていややったかもしれんけど、ほんまに悪気はないねん、すごい変わってたから興味があっただけやねん」と言われたことがある。わたしは、真実を知れたという意味でも、彼女が大人になってもそんな子供の頃のことを悔いていて、丁寧に弁明してくれるなんていう度量の大きなことをしてくれたという意味でも、宝物のような言葉をもらったなあ、と思った。確かに、彼女にはいろいろ尋ねられて、少し戸惑ったこともあったけれども、大人になってそんな話ができるのなら、変な子でよかったのだ。

人は変わるし、その間のマナーも変化する。時間が経つとわかる。その時がすべてではなく、人生にはその後もある。そういうことに思いを馳せる時に、大人になったことの贅沢を最も感じる。

ジンクスのマナー

三浦しをん

なんらかのジンクスをお持ちのかたは多いだろう。私のジンクスは、「仕事が忙しいときにかぎって太る」だ。

二日ほど徹夜し、文字どおり身を粉《こ》にして働いているはずなのに、粉にはならず、なぜか餅のように膨れる。

これは大変不便だ。「やせ細るぐらいがんばったんですけど、原稿がまにあいませんでした……」と、編集者に言い訳したい局面なのだが、以前にも増して顔が丸々としていたのでは、信憑性《しんぴょうせい》に欠ける。面の皮が厚いのか、どれだけ寝不足でもクマができにくい体質で、血色も妙にいい。丸々なうえにテカテカ。最悪だ。

ストレスで太るひととやせるひととがいると思うが、前者は周囲につらさをわかってもらいにくく、損である。

といった話を友人にしたところ、

「私もジンクスあるよ」

と言われた。「小田急線のホームで各駅停車を待っていると、反対方面のホームにばかり二本も電車が来てから、ようやく私がいるホームにも電車が来るの。でも、JR御茶ノ水駅では、私がホームに着くと同時に、必ず電車が来る！」

……それは、電車の運行間隔からして当然なのではないか？　郊外と新宿駅を結ぶ小田急線は、日中十分間隔ぐらいで各停を運行しているのに対し、都心部にある御茶ノ水駅を通るJR中央・総武線は、五分間隔ぐらいで走っている。必然的に、ホームで電車にちょうど遭遇する率は、後者のほうが高くなるはずだ。そう反論しても、「ちがうよ、ジンクスだよ！」と友人は譲らない。

考えてみれば、私の「激務＝太る」も、ジンクスではなく、当然の結果なような気もする。起きている時間が長ければ、そのぶん食べる回数も多くなる。「眠気覚ましに」と、深夜にお菓子やラーメンを食べ、なおかつ机のまえからほとんど動かないのだから、太らないほうがおかしい。これでやせたら、むしろ地球の物理法則に反した奇跡だ。

ジンクスの正体の大半は、「確率や行動の結果として当然のこと」なのではないか。また、人間心理とは不思議なもので、「悪い事実に関してのみ記憶に残る」という傾向もある。「次はこういう事態に陥《おちい》らないようにしたい」と思うあまり、悪い事実となんらかの原因（らしきもの）とを、無理やり結びつけて覚えてしまう。ジンクスには、「思いこみ」という一面もありそうだ。

だとしたら、ジンクスに振りまわされるのはバカらしい。太るときは太る！　電車は来ないときは来ない！　おおらかな（開き直った？）気持ちで、日々の暮らしを送りたいものである。

さて、ラーメン用の湯を沸かすとするか。

子供のマナー

井上荒野

子役の演技が苦手なのは、そこに過剰な「子供らしさ」があるからだと思う。ドラマや映画やCMに出てくる子供は、本物の子供よりも二割増しで子供っぽい。二割増しで無邪気だしお茶目だし小生意気だし、あるいは二割増しで素朴だ。子供はそのままで子供なのだから、よけいなものを付け加えなくてもいいのだ。しかし子供の演技力、というか演じるということへの理解力では、それが難しいのだろう。演出や脚本の、つまり大人側の責任も大きいだろう。

小説にしても、子供を登場させるのは難しい。私が思うに、子供を書くとき「子供らしさ」をストーリーの助けにするとその小説はつまらなくなる。子供たりとて、大人の登場人物同様に「ある特定の、唯一無二の人間」として作中で生きさせるべきなのだ。「子供が」ではなく、「その子が」言うはずのこと、取るべき行動を考えなければならない。

私がこの世できらいなもののひとつに「子供の投書」がある。新聞の投書欄に、たまに掲載されている。まとまった文章が書ける年齢の子供だから、八歳から十二歳くらいの子たちのもの。

その多くは、社会問題——風評被害、被災地への支援、バリアフリー、雇用問題エトセトラ——を取り上げて、「子供らしい」率直さと平易な文章によって、疑問を呈している。なぜですか? ぼくは、わたしは、おかしいと思います、と。彼らの言うことはおおむねいつも正しい。正論だ。そりゃそうだよ、君の言う通りだよ、と頷《うなず》くしかないもの。べつに斬新さがあるわけではない。それを読んで、はっと気づかされることなどない。はっきり言えばつまらない。当たり前のことしか書いてないからだ。それなのにどうしてそういう投書が掲載されるのか。子供が書いているからだ。いかにも「子供らしい」社会批評であるからだ。そこに甘えと甘やかしがある。それがきらいだ。

そもそも、こうした子供の文章は、どういう経緯で投書されるのだろう。学校で書かせて、よくできたものを教師が新聞に送ったりするのだろうか。書くのはべつに構わない。だがそれを、教師なり親なり本人なりが、封筒に入れて切手を貼って、新聞社の住所を書いてポストに入れる、という行為が、なんだか子供らしさの押し売りに思えてしまう。

もしも私に子供がいて――と、私は考えてみる。もっともらしいことを書いて、これを新聞に送りたい、と言いだしたら私はどうするだろう？ 甘い飲みものでも作ってやって、まあ、落ち着きなさい、と言うだろう。それでも子供が聞き入れなかったら？ 子供ぶるのはやめなさい。最終的には、そう言うだろう。

時間のマナー

穂村弘

時刻について、私が子供の頃は「4時半」「5時10分前」「5時5分過ぎ」のような云い方がしばしばされていた。これらはいずれも時計の針のイメージだったと思う。針が半分まで来ている、ちょっと手前にある、ちょっと行き過ぎた、という状態の言語化なのだろう。だが、現在は同じ時刻のことを「4時30分」「4時50分」「5時5分」とフラットに表現することが多くなっている。また「16時30分」のような24時間式の云い方も以前より多くなった。

時計の針のイメージが薄れて、デジタル的に一元化されたということだろうか。おそらくはその感覚の延長として「26時」「28時」のような表現をみる機会も増えた。これらは「(翌日の)午前2時」「(翌日の)午前4時」のことである。前日からの継続性が念頭にあるわけだ。

昔も「25時」という表現はあった。だが、それは「(翌日の)午前1時」のことではない。24時間の枠外の、特別な時刻というような意味合いが強かったと思う。「25時」はあっても「26時」や「28時」をみた記憶がないのはそのためだろう。

以上の点から、我々の生活上の時間はデジタル的に均一化されつつ、どこまでも連続する感覚が強まっているように思える。是非はともかく、自分の意識もまたそうした環境の影響を確かに受けているようだ。

例えば、事務連絡的なメールのなかに「16時半」とあると、この「半」を見落としたりする。「半」に対する感度が落ちているのだ。それに気づいてからは自分がメールを書くときには「16時30分」と表記するようになった。逆にこちらのアナログ的個性を印象づけたい場合には、「半」「前」「過ぎ」などを使うといいのかもしれない。

もうひとつ思い当たるのは心理的な時間に対する感覚の鋭敏化だ。朝、出勤する家人をドアから送り出したとき、何秒後に鍵をかけるか、いつも迷う。外に出た直後にカチャンと閉まるのはさみしくないか、と考えてしまうのだ。送り出した相手が誰なのかによっても、この意識は微妙に変化する。電話を切るタイミングにも通じる迷いだ。

またホームから電車を見送り見送られるときや、赤信号の向こうに知人を発見したときの、間が持てない数十秒や数分をどのようにやり過ごしたらいいのか。

いずれも正解らしきものがないので困る。以前のアナログ的な時間においては、「半」「前」「過ぎ」的にアバウトな流れの中で自然な対応が為《な》されていたように思うのだ。それとも、あの時間の焼き切れそうな気まずさを共有することこそが、デジタル世界の人間に残された絆《きずな》の証《あかし》なのだろうか。

マナーの難問

殺しのマナー

穂村弘

実家から蟹《かに》が送られてきた。喜んで箱を開けたとたん、妻と顔を見合わせる。口から泡がぶくぶく。これ、まだ生きてるよ。「生きがいい」のは嬉しい、でも「生きている」のはちょっと困るのだ。嗚呼《ああ》、なんて自分勝手なんだろう。

おそるおそる熱湯に入れてみる。と、蟹が脚をぐわわっと反らせたので、思わず飛び退《の》く。「今。ぎゃあああって云ったね」「うん」、断末魔の幻聴にびびって食欲が吹っ飛ぶ。そんなの蟹に対して失礼だと思って食べようとするけど気力が出ない。ほとぼりが冷めた頃、という言葉があたまに浮かぶ。で、その日はふたりで駅前のラーメン屋に行った。翌日改めて食べた蟹はおいしかった。

考えてみると、私は自分の食べるものをこの手で殺した経験が殆どない。それは自分の着る服や住む家をつくったことがないのと同じだろうか。何かが違う気がする。蟹でこれでは鶏を絞めて食べるなんてとても無理そうだ。でも、レストランではなんでも食べる。蟹でも鳥でも牛でも豚でも子羊でも。

他の動物を殺さないためという理由でベジタリアンになった人間は何人くらいいるのだろう。小さな魚を丸ごと食べるよりも大きな魚の切り身の方が罪は軽いのか。イクラなどの卵系はどうか。食べるのではなく医学的な研究のための殺しはどうか。わからないけど、とにかくその辺りまでは自分の命のために動物の命を奪うという実感をなんとかもつことができる。

でも、例えばミステリードラマなどで主人公が運ばれた紅茶を水槽に注いだとき、金魚がぷかぷか浮かび上がってがーん、というシーンをみることがあるけど、あれはどうだろう。本当に金魚を殺してるのか。たぶん違うよな。では、路上にぶちまけられた魚が跳ね回ってやがて動かなくなる、というシーンはどうか。

仮にあれらがリアルなものなら、「食べる」とか「医学」とかのためじゃなくて「表現」のための殺しってことになる。それって許されるのか。「紅茶に毒が入っていた」ことを示すためという程度ではまずいだろう。

でも、屋上から猫を投げ落として死んでゆくまでを撮影したという映画監督の話をきいたときは、残酷とかの前に負けたと思った。そこまで自分の「表現」に確信がもてるのか。私にはぬいぐるみしか投げ落とせない。

「殺しのマナー」は最難問だと思う。考えれば考えるほど正解がわからない。だが、閻魔《えんま》大王の前で「新鮮な肉が食べたくて」とか「人間用の医学の進歩のために」とか「表現上の必要性から」とか「憎くて」とかはっきり理由を述べた上で、「殺すつもりで殺しました」と云うのが最低限の条件であろう。

入浴のマナー

三浦しをん

湯船につかるのは気持ちがいい。急激な冷えこみをみせたこの冬、私はその事実に気づいた。

風呂文化が発達した日本で暮らしていて、そこに気づくまでに三十五年もかかったのか。そう問われたらグゥの音《ね》も出ない。実は、風呂って面倒くさい、と思っていた。いまも思っている。

まず、服の着脱が面倒くさい。あと、ボーッと湯につかっている意味がわからない。動きが鈍《のろ》いせいで気づかれにくいのだが、私は気持ちのうえではややせっかちだ。特に風呂とトイレに長期滞在するのがダメで、用を済ませたらさっさと飛びでる。

トイレで用を足したついでに、鏡に向かって化粧直しをするひとがいるが、私には不可能だ。拭いて、手を洗って、飛びだす。おかげで眉毛を描き忘れていることに気づかず、堂々と一日を過ごしてしまったことも数回ある。鏡ぐらいは落ち着いて見たほうがいい。

そんなわけで、長年シャワーのみで済ませてきた（外出の予定がないときは、シャワーすらも浴びない。ちなみに私は、ほぼ外出の予定がない）。しかし、あまりに冷えこんだある日、思い立って湯船につかってみたら、気持ちよかったのである！

そういえば子どものころは、湯船であたたまるのを楽しみにしていたなあ。湯船に本を持ちこんで読みながら（読書していないと、すぐに飛びだしたくなる）、感慨にふけったのだった。

そこでみなさまにうかがいたいのは、「銭湯の湯船で読書するのはマナー違反でしょうか」ということです。いきなり質問してくんなや、失礼だろ。とお思いでしょうけれど、お目こぼしいただきたい。

切実なんですよ！　私は広々とした湯船に、本を読みながらゆっくりつかってみたいんです！

でも、これまで銭湯の湯船で読書してるひと、見たことない。

銭湯には、「刺青《いれずみ》をしたかた、お断り」とか「体を洗ってから湯船へ」とか書いてある。でも、「読書禁止」とは書かれていない。おにぎりを食べながら入浴するひとがいないように、「書くまでもなく、しちゃダメだとわかってるだろ」ということなのか。

もちろん、湯に本をつけないように気をつける。まずは体を洗ってから、脱衣所に本を取りにいき、そののち湯船につかる、というシミュレーションも完璧だ。それでもやはり、「銭湯で入浴しながら読書」はダメだろうか。

ダメなんだろうな、という予感がするので、実行に移せぬまま、自宅の三点ユニットの狭いバスタブで、膝を抱えながら本を読んでいる。足をのばしたい。飛びださずに銭湯を堪能してみたい。嗚呼。

割り箸のマナー

楊逸

数年前、一時期テレビで作法を教えるのがブームになっていた。玄関での靴の脱ぎ方から、お茶を飲む時の湯呑の持ち方までを、着物姿のおばさんが、厳しい目つきで出演者の動きをチェックして正すような番組構成になっていた。

「いけません」と、テレビの中のおばさんが突然、大声で叱った。その声でテレビの前の私は思わずきりっと身が引き締まった。使い終わった割り箸をそのまま放置した人を見つけたのだ。

当時の仕事が昼過ぎから夜遅くまで続くことが多く、まともに夕食を作ることができず、市販されている弁当に頼っていた。そんな「お弁当がメイン」的な生活をしていたのだから、とても他人事だと思えず、それに何れ《いず》ゴミ袋に入れて捨てる割り箸に、マナーなど隠されていたとは思えなかったからだ。

割り箸を箸袋に戻して袋ごと折ってしまう、というのは正しい作法だと、しとやかな装いと裏腹に、おばさんは皺くちゃの手で箸を握り、力ずくで折りながら力説した。拍手がどっと沸き上がった。観客が感激したようだった。

折られたその箸を引き取る立場のゴミ袋も喜んだだろうかと気になりながら、至極日常的なマナーなのに、日本の有名人である出演者たちは、誰一人知る人はいなかったのも何だか不自然に思えた。

箸に関するなら中国ほどうるさい国はなかろう。一、二歳から持ち方を練習し始め、箸を口に咥《くわ》えたり、人のいる方に向けたりすると、すぐ叩かれるし、うちでは二本の箸がぶつかってできたかすかな音すら許されなかった。が、来日するまでに中国はまだ割り箸が普及していなかったので、もちろんマナーたるものもなく、日本のマナーを気にするしかなかった。作法おばさんの説明では、箸を箸袋に戻すのは見た目への配慮で、新しいものだと勘違いして使うことを防止するために折るのだという。

そのままゴミ袋に捨てた方が、箸を袋に戻す手間も折る手間も省くのにと考えてしまう私だが、未だに何のためのマナーかを理解に苦しんでいる。

しかし、外国人だからといって、理解せねばマナーだと認めないというわけにもいかない。むしろ日頃「マナー違反」の語に戦々恐々になりながら、いつも日本人の挙動を倣って行動するように心がけている。人と会えば、「どうも、(意味がよくわかっていないにもかかわらず)」と呟きお辞儀するように、以来人前で食事するなら、割り箸を折ることに努めるようになった。

もともと地上に道はない。歩く人が多くなれば、それが道になるのだ。——この魯迅《ろじん》の名言の中の「道」は、理屈など関係なく、幾分マナーに通じるのではないかと、そんな気がしてきた。

自己流のマナー

赤瀬川原平

友人のFさんは、町を散歩していて柿の木があり、柿の実がなっていると、さっとちぎって食べる。知らない町だから、知らない家の柿の木である。でもためらうことなくちぎって、服の袖でちょっと拭いて食べてしまう。

むかしの田舎道では、ぼくも経験がある。でもずっと昔の話だ。いまの東京の町の散歩では、そういう気分になりにくい。とくに最近は、いろいろと法規制がうるさいし。

植木のことでも、隣の木が垣根を越えて伸びてきたら切ってもいいとかわるいとか、いろいろと解釈が細かい。

そこのところをFさんに尋ねると、

「柿の実は自然に実るんだから、自然にちぎって食べたっていいんだよ」

と平然としている。でも、そこの家の柿でしょ、というと、

「そうだとしても、柿の実はその家の人が働いて作り上げたもんじゃない。太陽の光で勝手に出来たんだから」

いや、それはそうだけど、でも柿泥棒とかリンゴ泥棒とかいうでしょう。

「そうだな、柿をちぎってちゃんと並べて置いてあったら生産物と見なそう。それを盗ったら泥棒になるけど、木に実がなるのは、自然のやったことだから」

うーん、Fさんはあくまで自然を守りたいんだと思った。人間の勝手から自然を守りたい。そういう思いがあって、自己流のマナーを作っているんだ。

もちろんこれは、世間的には好意的な解釈ということになるだろう。誰にでも薦める、というわけにはいかない。これを公のマナーと認定したら、いろいろ混乱が起きるだろう。あくまで自己流の範囲内だ。

自分の場合、これほど際立った自己流のマナーはないけど、何だろうか。自己流だから他者の目が遠く、どうも記憶に残りにくい。

道端のことでは、放置自転車がある。昔は自転車といえば自動車くらいの価値があったから、放置自転車を見るともったいなくて、気になってしょうがない。友人のMさんもまったく同じで、それが新しいものならすぐ交番に届けるが、中にはもう廃品同様となった物もあって、その場合は家に持ち帰って解体し、役に立ちそうな部品だけ保存している。

でも廃品かどうかの解釈が難しい。だからMさんは通勤途中に毎日それを見て通りながら、その状態を確認する。きのうも同じで今日も同じ。持ち主が現れる気配はまったくない。これはどう見ても廃品なり。

と確信を持ったところで、それを自宅に持ち帰る。そこのところが自己流のマナーだ。その何日も見て通る時間は、日々実っていく柿の実の時間に、とてもよく似ている。

合意のマナー

穂村弘

マナーを守るためには、その前提としてマナーについての合意が必要だ。これが曖昧だと皆が困ることになる。

例えば「女性が一人暮らしの男の部屋に上がったら、それはOKってことか否か問題」。このテーマが雑誌などで定期的に採り上げられるのは、合意点について未《いま》だに決着がついてない証拠だろう。

「それとこれとは全く別」派から「靴を脱ぐ=服を脱ぐ」派まで、人によって考えに幅があり過ぎることが混乱を生んでいる。マナーを守りたくても、相手がどの派に属しているかわからないと守れない。とりあえず大人《おとな》しくしているのが無難だが、それで2人の未来が変わってしまうかもしれないのだ。

日常的に浮上しがちなのは「電車で席を譲るべきか否か問題」だ。譲るのがマナー的に正解なのは誰もが知っている。だが、実際に現場の緊張感を作り出しているのは、それ以前の譲る側と譲られる側の合意点の曖昧さだと思う。

つまり、「ほんとに席を譲っていいのだろうか」についての確信のもてなさこそが問題の本質なのだ。目の前に立ったのが明らかなお年寄りなら迷いは生じない。でも、現実は多様だ。微妙な年齢の人とか、妊婦っぽくみえるけど絶対とはいえない人とか。迷ってるうちに、どきどきして苦しくなる。以前、席を譲ろうとして怒鳴られた人をみた。あんな風になったらどうしよう。緊張に耐えられず、駅に着いたところで電車を降りるふりをして別の車両に飛び乗ったりすることもある。

「登山服の老夫婦に席を譲っても良いか迷う」（又吉直樹）は、そんな気持ちを詠んだ自由律俳句の傑作である。

　また「電話とメールとファクスと手紙では、どの順に礼儀正しいのか問題」についての考えにも世代差や個人差があって困る。肉筆の手紙が一番礼儀正しいと確信してそうしたのに相手に激怒された、という話をきいた。セロハンテープで封をしていたのである。受取人の考えでは糊《のり》が礼儀正しくてセロハンテープなど人道に反する振る舞いなのだった。おそろしい。

「メールのタイトルをそのまま『Re:』で返していいか否か問題」は、以前はＮＧだったけど、今はビジネス上の用件ではＯＫになったらしい。でも、これも相手との認識が合ってないと危険だ。

　ともあれ、礼儀知らずと怒る前に、相手のマナー観が自分のそれとちがうだけかもしれないという可能性を常に考えたい。

　以前、切手を横向きに貼《は》ったら、「それは絶交の合図だよ」と云われたことがある。驚く間もなく、別の一人が「え、アイラブユーの合図でしょう？」。ああ、一体どっちなの。いや、どっちも困る。切手がでかすぎてスペースが足りなかっただけなんだ。

マナーのマナー

町田康

こんなことを言うのは誠に申し訳ないのだけれども、月に一回、マナーの話をして、結局のところ自分にはマナーというものがわからないのだなあ、と思った。

思うにマナーというのは集団の共通の理解、集団の殆どの人が、これってだいたいこういうことだよね、とあえて明文化しないで思っていることである。なので、その集団に属している限り、マナーというものは本来、あえて意識せられるものではないはずである。

ということは、マナー、という言葉は本来存在しないはず。にもかかわらず、マナーという言葉があるのは、その風儀が、無理矢理に集団に接続せられたからである。

ということは、集団にとってマナーという言葉で表される風儀は完全に外部のものである。

しかし、集団がこれを受け入れる限り、その風儀は作法と呼ばれるようになり、やがて意識せられない先例となって定着、マナーとも言われなくなるのである。つまり、マナーというものはそもそも存在しないものであり、外部より齎《もたら》されるものである。

これにいたって、私がマナーがわからない、その理由がわかる。私は、学校でする勉強というものがまったくできなかったことからも知れるように、無理矢理になにかをされたり、したりするのが、根本的にできない汚染した猿股のようなバカモノだからである。

しかーし、しかれども、でも、だけれども。そんなバカだからマナーの本質がわかった、と自分を慰めることもできる。そしてそうして、マナーが常に外部より齎されるとわかった以上は、これをもう一歩進め、自らを外部となしてマナーを齎すこともできる。つまり、マナーは言語・言論を用いて随意に創出できる、ということである。

というか、いまマナーといわれているものはすべてそうやって言語的に作られたもので、一般に思われているように集団があえて意識しないで共通に理解していることではない。なので。

望めばマナーというものは随意に創出できるもので、私はこれからドシドシ、マナーを拵《こしら》えていきたい、と思う。なんのために？　決まってるじゃないか。みなが快適に暮らせる住みよい世の中にするために、だ。

まず最初に考えたのは、うどんを食べるときのマナー。うどんを食べるときは必ず鼻からうどんを垂らす。これがマナーである。これをやらぬ人は、「え？　あの人、垂らしてない」と言われ、まともな人間として取り扱ってもらえない。

なーんてね、こんな愚かな奴の愚かな意見にいちいち真剣に怒らないのもまたマナーです。さいなら。

著者別掲載頁

赤瀬川原平（あかせがわ・げんぺい）
一九三七年生まれ。画家、作家。
（p12　p102　p114　p146　p154
p176　p204　p208　p264　p278　p298）

井上荒野（いのうえ・あれの）
一九六一年生まれ。作家。
（p8　p18　p26　p30　p36　p48
p58　p66　p92　p178　p188　p286）

劇団ひとり（げきだん・ひとり）
お笑い芸人、俳優、映画監督。
（p34　p40　p50　p64　p122　p128
p180　p198　p214　p218　p222　p226　p230）

佐藤優（さとう・まさる）
一九六〇年生まれ。作家、元外務省主任分析官。
（p70　p248　p256）

髙橋秀実（たかはし・ひでみね）
一九六一年生まれ。ノンフィクション作家。
（p22　p60　p80　p108　p136　p150
p184　p192　p238　p260　p274　p280）

津村記久子（つむら・きくこ）
一九七八年生まれ。作家。
（p38　p140　p166　p186　p190　p196
p206　p216　p242　p270　p276　p282）

平松洋子（ひらまつ・ようこ）
一九五八年生まれ。エッセイスト。
（p14　p28　p74　p86　p96　p100
p106　p110　p116　p124　p134）

穂村弘（ほむら・ひろし）
一九六二年生まれ。歌人。
（p10　p16　p56　p104　p126　p170
p194　p254　p262　p288　p292　p300）

町田康（まちだ・こう）
一九六二年生まれ。作家、ミュージシャン。
（p46　p72　p76　p120　p158　p224　p234
p240　p244　p252　p258　p272　p302）

三浦しをん（みうら・しをん）
一九七六年生まれ。作家。
（p24　p44　p78　p82　p90　p132
p174　p236　p246　p284　p294）

楊逸（ヤン・イー）
一九六四年生まれ。作家。
（p112　p138　p144　p148　p152　p156
p162　p168　p172　p202　p210　p228　p296）

鷲田清一（わしだ・きよかず）
一九四九年生まれ。哲学者。
（p42　p52　p62　p88　p94
p160　p220　p266）

『考えるマナー』二〇一四年七月　中央公論新社刊

中公文庫

考《かんが》えるマナー

2017年1月25日　初版発行
2017年2月25日　3刷発行

編　者　中央公論新社《ちゅうおうこうろんしんしゃ》

発行者　大橋 善光

発行所　中央公論新社
〒100-8152　東京都千代田区大手町1-7-1
電話　販売 03-5299-1730　編集 03-5299-1890
URL http://www.chuko.co.jp/

DTP　柳田麻里
印　刷　三晃印刷
製　本　小泉製本

Published by CHUOKORON-SHINSHA, INC.
Printed in Japan　ISBN978-4-12-206353-2 C1195

中公文庫既刊より

各書目の下段の数字はＩＳＢＮコードです。978 - 4 - 12が省略してあります。

あ-11-7
少年と空腹　貧乏食の自叙伝
赤瀬川原平
日本中が貧乏だった少年時代、空腹を抱えて何でもかんでも食べ物にした思い出。おかしくせつなく懐かしい、美食の対極をゆく食味随筆。〈解説〉久住昌之
206293-1

い-115-1
静子の日常
井上荒野
おばあちゃんは、あなどれない――果敢、痛快、エレガント。75歳の行動力に孫娘も舌を巻く！　ユーモラスで心ほぐれる家族小説。〈解説〉中島京子
205650-3

い-115-2
それを愛とまちがえるから
井上荒野
愛しているなら、できるはず？　結婚十五年、セックスレス。妻と夫の思惑はどうしようもなくすれ違って……。切実でやるせない、大人のコメディ。
206239-9

ひ-26-1
買物71番勝負
平松洋子
この買物、はたしてアタリかハズレか。一つ一つの買物は一期一会の真剣勝負だ。キャミソールから浄水ポットまで、買物名人のバッグの中身は？〈解説〉有吉玉青
204839-3

ま-35-2
告白
町田康
河内音頭にうたわれた大量殺人事件「河内十人斬り」をモチーフに、永遠のテーマに迫る、著者渾身の長編小説。谷崎潤一郎賞受賞作。〈解説〉石牟礼道子
204969-7

ま-35-5
東京飄然《ひょうぜん》
町田康
風に誘われ花に誘われ、一壺ならぬカメラを携え、ぶらりと歩き出した作家の目にうつる幻想的な東京。著者によるカラー写真多数収載。〈解説〉鬼海弘雄
205224-6

ま-35-1
テースト・オブ・苦虫1
町田康
会話が通じない。ひょっとしておかしいのは自分？　日常で嚙みしめる人生の味は、苦虫の味。文筆の荒法師、町田康の叫びを聞け。〈解説〉田島貴男
204933-8

ま-35-3
テースト・オブ・苦虫2
町田康
生きていると出会ってしまう、不条理な出来事の数々。口中に広がる人生の味は甘く、ときに苦い。ちょっとビターなエッセイ集、第二弾。〈解説〉山内圭哉
205062-4

ま-35-4
テースト・オブ・苦虫3
町田康
本当のことに、少しばかりの嘘をまぜ、口中に広がる苦虫の味。「真面目すぎておかしいといわれる」ほか、癖になるエッセイ集第三弾。〈解説〉寺門孝之
205163-8

ま-35-6
テースト・オブ・苦虫4
町田康
「私の演劇遍歴について申しあげよかな」「どう書いても嫌な奴は嫌な奴」ほか、事実か虚構か謎が深まる魅惑のエッセイ集第四弾。〈解説〉ヒダカトオル
205377-9

ま-35-7
おそれずにたちむかえ テースト・オブ・苦虫5
町田康
文章に書いてあることより、暗黙の了解のほうが優先する。そんな曖昧な日常に活を入れる、おそれを知らないエッセイ集、第五弾。〈解説〉貴志祐介
205480-6

ま-35-8
おっさんは世界の奴隷か テースト・オブ・苦虫6
町田康
食事に誘われたのに予約をとらされ、身勝手で一方的な原稿依頼を受けそうになり——。大人の味のエッセイ集、苦み走って好調第六弾！〈解説〉戌井昭人
205603-9

ま-35-9
自分を憐れむ歌 テースト・オブ・苦虫7
町田康
正直者が馬鹿をみる。実際、人間は正直にしているとろくな目にあわない。苦虫の味を噛みつぶして進め！好調エッセイ集、第七弾。〈解説〉前田司郎
205724-1

ま-35-10
あなたにあえてよかった テースト・オブ・苦虫8
町田康
八年間毎週書き続けたエッセイを、書き終えて口中に広がったのは苦虫の味。一抹のさみしさとよろこびを胸に、いま堂々の最終巻！〈解説〉西加奈子
205866-8

や-63-1
あなたへの歌
楊逸
東京で働く中国出身のメイ。天津への転勤が決まった日本人の彼にプロポーズされて——。現代の日本と中国を舞台に、夫婦という縁を描く。
206313-6

各書目の下段の数字はISBNコードです。978-4-12が省略してあります。

わ-20-2
感覚の幽《くら》い風景
鷲田清一
おどろおどろしい闇が潜んでいたり、深い官能を宿らせていたり――言葉と身体の微妙な関係を、身体論の名手が自由自在に読み解く。〈解説〉鴻巣友季子
205468-4

た-15-4
犬が星見た ロシア旅行
武田百合子
生涯最後の旅を予感した夫武田泰淳とその友竹内好に同行し、旅中の出来事や風物を生き生きと捉え克明に描く。読売文学賞受賞作。〈解説〉色川武大
200894-6

た-15-5
日日雑記
武田百合子
天性の無垢な芸術者が、身辺の出来事や日日の想いを、時には繊細な感性で、時には大胆な発想で、心の赴くままに綴ったエッセイ集。〈解説〉巖谷國士
202796-1

た-15-6
富士日記（上）
武田百合子
夫泰淳と過ごした富士山麓での十三年間の日々を、澄明な目と天性の無垢な心で克明にとらえ天衣無縫な文体でうつし出した日記文学の傑作。田村俊子賞受賞作。
202841-8

た-15-7
富士日記（中）
武田百合子
天性の芸術者である著者が、一瞬一瞬の生を特異な感性でとらえ、また昭和期を代表する質実な生活をあますところなく克明に記録した日記文学の傑作。
202854-8

た-15-8
富士日記（下）
武田百合子
夫武田泰淳の取材旅行に同行したり口述筆記をする傍ら、特異の発想と表現の絶妙なハーモニーで暮らしの中の生を鮮明に浮き彫りにする。〈解説〉水上　勉
202873-9

ほ-16-1
回送電車
堀江敏幸
評論とエッセイ、小説。その「はざま」にある何かを求め、文学の諸領域を軽やかに横断する――著者の本領が発揮された、軽やかでゆるやかな散文集。
204989-5

ほ-16-2
一階でも二階でもない夜 回送電車Ⅱ
堀江敏幸
須賀敦子ら7人のポルトレ、10年ぶりのフランス長期滞在で感じたこと、なにげない日常のなかに見出した秘蹟の数々……54篇の散文に独自の世界が立ち上がる。〈解説〉竹西寛子
205243-7

ほ-16-5
アイロンと朝の詩人 回送電車Ⅲ
堀江敏幸
一本のスラックスが、やわらかい平均台になって彼女を呼んでいた――。ぐいぐいと、そしてゆっくりと、読み手を誘う四十九篇。好評「回送電車」シリーズ第三弾。
205708-1

ほ-16-7
象が踏んでも 回送電車Ⅳ
堀江敏幸
一日一日を「緊張感のあるぼんやり」のなかで過ごしたい――異質な他者や、曖昧な時間が行きかう時空を泳ぐ、初の長篇詩と散文集。シリーズ第四弾。
206025-8

ほ-16-3
ゼラニウム
堀江敏幸
彼女と私の間を、親しみと哀しみを湛えて、清らかな水が流れていく――。異国に暮らした男と個性的で印象深い女たちの物語。ほのかな官能とユーモアを湛えた珠玉の短篇集。
205365-6

ほ-16-6
正弦曲線
堀江敏幸
サイン、コサイン、タンジェント。この秘密の呪文で始動する、規則正しい波形のように――暮らしはめぐる。思いもめぐる。第61回読売文学賞受賞作。
205865-1

か-56-1
パリ時間旅行
鹿島茂
オスマン改造以前、19世紀パリの原風景へと誘うエッセイ集。ボードレール、プルーストの時代のパリが鮮やかに甦る。図版多数収載。〈解説〉小川洋子
203459-4

か-56-2
明日は舞踏会
鹿島茂
19世紀パリ、乙女たちの憧れは華やかな舞踏会！フロベール、バルザックなどの作品を題材に、当時の女性の夢と現実を活写する。〈解説〉岸本葉子
203618-5

か-56-3
パリ・世紀末パノラマ館 エッフェル塔からチョコレートまで
鹿島茂
19世紀末、先進、躍動、享楽、芸術、退廃が渦巻く幻想都市パリ。その風俗・事象の変遷を遍く紹介する魅惑の時間旅行。図版多数。〈解説〉竹宮惠子
203758-8

か-56-4
パリ五段活用 時間の迷宮都市を歩く
鹿島茂
マリ・アントワネット、バルザック、プルースト――パリには多くの記憶が眠る。食べる、歩くなど八つのテーマでパリを読み解く知的ガイド。〈解説〉にむらじゅんこ
204192-9

各書目の下段の数字はISBNコードです。978－4－12が省略してあります。

か-56-5
衝動買い日記
鹿島　茂
「えいっ！買った」。腹筋マシーン、猫の家から挿絵本まで全24アイテム……ムッシュウ・カシマの衝動買い顚末記。巻末に結果報告を付す。〈解説〉百瀬博教
204366-4

か-56-9
文学的パリガイド
鹿島　茂
24の観光地と24人の文学者を結ぶことで、パリの文学的トポグラフィが浮かび上がる。新しいパリが見つかる、鹿島流パリの歩き方。〈解説〉雨宮塔子
205182-9

か-56-11
パリの異邦人
鹿島　茂
訪れる人に新しい生命を与え、人生を変えてしまう街――パリ。リルケ、ヘミングウェイ、オーウェルら、触媒都市・パリに魅せられた異邦人たちの肖像。
205483-7

か-56-12
昭和怪優伝　帰ってきた昭和脇役名画館
鹿島　茂
荒木一郎、岸田森、川地民夫、成田三樹夫……。今なお眼に焼き付いて離れない昭和の怪優十二人を、映画狂・鹿島茂が語り尽くす！　全邦画ファン、刮目せよ！
205850-7

か-56-13
パリの日本人
鹿島　茂
西園寺公望、成島柳北、原敬、獅子文六……。最盛期のパリを訪れた日本人が見たものとは？　文庫用に新たに「パリの昭和天皇」収録。〈解説〉森まゆみ
206206-1

か-81-1
発光地帯
川上未映子
食、夢、別れ、記憶……何気ない日常が、川上未映子の言葉で肌触りを一新させる。心のひだに光を灯す、切なくも温かな人気エッセイシリーズ第一弾。
205904-7

か-81-2
魔法飛行
川上未映子
お米のとぎ汁で大根をゆでる日がくるとはなあ――『きみは赤ちゃん』の川上未映子が大震災をまたぐ波瀾の一年を綴る、日記的エッセイシリーズ第二弾。
206079-1

か-81-3
安心毛布
川上未映子
ふつうに人生を生きてゆくことが相も変わらぬ椿事――妊娠・出産・子育てと、日常に訪れた疾風怒濤の変化を綴る日記的エッセイ三部作、ついに完結。
206240-5